FAUSTINE,

ET

L'ANCIEN PARIS.

FAUSTINE

ET

L'ANCIEN PARIS,

OU

L'ENFANT DE LA CHAUMIÈRE

LANCÉ DANS LE GRAND MONDE ;

Roman criti - anecdoti - comique ;

Traduit de l'Allemand de G. F. Willerck,

Par M. Gr.

A PARIS,

Chez Madame Desmarest, Libraire, rue de
l'Arbre-sec, n°. 16.

1808.

FAUSTINE,

OU

L'ANCIEN PARIS.

CHAPITRE PREMIER.

Mon Père et mon Oncle.

Mon père vivait dans un village distant de huit lieues de St.-Jean de Morienne ; de grands malheurs l'avaient réduit à chercher un asile dans ce lieu retiré ; la facilité d'y vivre ignoré l'y fixa. Il se flattait de trouver dans la philosophie une ressource contre l'ennui qu'il croyait inévitable dans un lieu où les hommes ont à peine la figure humaine ; mais après avoir vécu quelque temps

1

parmi eux , il se félicita d'avoir trouvé des cœurs droits et sincères , et se crut trop heureux d'habiter un séjour d'où l'ambition , les desirs immodérés et les vices étaient bannis. Il y acheta une chaumière qu'il orna d'une manière rustique , et borna ses amusemens aux occupations champêtres. Il lui restait peu de bien, des événemens malheureux le lui firent perdre , et le travail qu'il avait regardé comme une ressource contre l'ennui, lui devint nécessaire pour se procurer les besoins de la vie , ce qui ne l'empêcha pas de se chercher une compagne. Ce ne fut point l'amour qui le détermina dans le choix d'une épouse, il ne consulta que la raison. Une jeune paysanne aimable,

d'un caractère droit et sincère, consentit à s'unir à lui, et jamais deux
époux ne furent plus heureux. Mon
père eut trois enfans; j'étais l'aînée
et malgré l'égalité qu'il tâchait de
mettre dans sa famille, il ne pouvait
déguiser la prédilection qu'il avait
pour moi. Il employait tous les instans que son travail lui laissait libre,
à me donner des leçons, et ses leçons
n'avaient pour but que de me rendre
vertueuse. La situation de notre village nous séparait de toute société.
La nature y semblait avare de ses
dons, et à peine trois mois de l'année
jouissions-nous de la vue du soleil.
Ce n'était que par les discours de mon
père que j'avais appris qu'il y avait
d'autres hommes, qui, sous un ciel

plus doux, se consumaient en soins pour satisfaire à des besoins imaginaires que nous ignorions. Loin d'envier leur sort, je plaignais leur aveuglement, et j'eusse regardé comme un malheur la nécessité de vivre parmi eux. Toute ma satisfaction, mes récréations, mes amusemens, se bornaient à écouter les leçons de mon père. Plus attentive encore à l'imiter qu'à l'écouter, je partageais avec lui les cœurs de tous les habitans du village. On disait que j'étais belle; mes compagnes me le répétaient sans envie, et je l'apprenais sans vanité. On disait que j'étais bonne; cette louange me touchait infiniment davantage. La nature avait formé mes traits sans me consulter; mais la dou-

ceur de mon caractère était mon ouvrage , et je la voyais avec complaisance.

Je m'étais apperçue quelquefois de
la différence qu'il y avait entre mon
père et nos voisins. S'il partageait
leurs travaux , la simplicité et l'innocence de leurs mœurs, on décou-
vrait au travers de ces dehors grossiers , un je ne sais quoi qui lui
attirait le respect de ceux qui étaient
alors ses égaux, ses supérieurs mêmes;
et ce respect était d'autant plus flatteur , que sa seule vertu le faisait
naître chez des hommes incapables
de se laisser éblouir par des qualités
frivoles.

J'entrais dans ma seizième année ,
et j'étais un jour occupée à conduire

un petit troupeau , lorsqu'un étranger de bonne mine, qui s'était égaré, me demanda le chemin du village dans lequel nous demeurions. Vous êtes prêt à y entrer, monsieur, lui dis-je; pourrait-on vous y être utile? Cet homme me regarda fixement, et surpris, comme il me l'a dit depuis, et de ma figure et de l'humanité qu'il trouvait dans un canton qu'il avait cru habité par des sauvages : comment vous nomme-t-on, ma belle fille, me dit-il, et comment, charmante comme vous êtes, pouvez-vous vous résoudre à vivre dans cette solitude ? On me nomme Marie, lui répondis-je, et ces lieux dans lesquels je suis élevée n'ont rien d'affreux pour moi. Mais, monsieur,

ajoutai-je, vous me paraissez transi
de froid ; croyez-moi, hâtez-vous de
gagner le village; mon père est à la
maison, et se fera un plaisir de vous
recevoir. Votre père est donc auber-
giste, me dit l'étranger? Il n'y en a
pas dans notre hameau, lui répondis-je; comme il n'est point sur la
route nous y voyons rarement des
étrangers, et quand il en vient, mon
père est charmé de leur rendre, sans
intérêt, tous les services qu'exige
l'humanité; il se nomme le Grand-
Pierre; c'est la troisième maison à
gauche en entrant dans le village. Je
n'avais pas cessé de parler, que cet
homme, se précipitant en bas de son
cheval, vint à moi les bras ouverts,
en me nommant sa chère nièce. Nous

nous hâtâmes de gagner notre chaumière, et mon père n'eut pas plutôt envisagé celui que je conduisais,
qu'il vola à sa rencontre. Ma mère
apprit avec joie que cette étranger
était le frère de son époux, et notre
petite famille réunie célébra, par
une fête champêtre, l'arrivée d'un
hôte si cher. Mon oncle, ainsi que
mon père, se nommait M. de Ramsai.
Mon père m'instruisit en sa présence,
des motifs qui l'avaient conduit dans
notre solitude. J'appris qu'on avait
proscrit sa tête, parce qu'il avait eu
ce qu'on appelle dans le monde une
affaire d'honneur, et avait tué son
adversaire. Il n'avait eu que le temps
de se sauver, et s'étant trouvé in-
commodé à Chambéry, il avait changé

le dessein de se rendre à Turin, en celui de se fixer dans la capitale de la Savoie. Les parens de celui qu'il avait tué, désespérant de se venger par les voies de la justice, employè-rent des assassins pour lui ôter la vie. Mon père fut averti assez tôt de leur mauvais dessein pour l'éviter; et sa-chant que ses ennemis étaient aussi puissans qu'irréconciliables, il se réfugia dans le hameau où j'ai pris naissance, jusqu'à ce que le temps eût diminué leur animosité; mais les douceurs qu'il y goûta l'y fixèrent, comme je l'ai dit, et il y eût été par-faitement heureux si la cruelle né-cessité de vivre loin de sa famille, qu'il aimait tendrement, ne lui eût arraché de temps en temps quelques soupirs.

Mon oncle était absent lorsque cette malheureuse affaire arriva. Il était parti pour l'Amérique, où il espérait rétablir sa fortune qui était assez mauvaise. Il y lutta long-temps contre son mauvais sort; mais enfin une riche veuve qu'il avait épousée, lui ayant laissé des biens immenses, il repassa en Europe, et ayant appris de mon aïeule les malheurs de son frère, et le lieu de sa retraite ; son premier soin fut d'accommoder son affaire à force d'argent. On revit le procès de mon père, et on fit entendre au prince qu'il avait été traité avec trop de rigueur, puisqu'il n'avait fait que se défendre contre un ennemi qui l'avait attaqué. On obtint sa grace, et son frère, en lui annon-

çant cette heureuse nouvelle, l'invita
à venir partager avec lui une fortune qu'il croirait ne posséder que
jusqu'au moment où il pourrait lui
en faire part.

Mon père marqua sa reconnaissance à son frère dans les termes
les plus touchans ; mais jamais mon
oncle ne put l'engager à quitter une
solitude où il avait goûté tant de
bienfaits. Il consentit à recevoir les
douceurs de son frère, moins pour
lui-même, que pour les répandre
sur ses pauvres voisins ; mais plein
d'horreur pour les maximes du grand
monde dont il avait été la victime,
il obtint de son amitié la liberté de
suivre son inclination, et l'assura
qu'il serait trop heureux s'il pou-

vait se flatter de le voir de temps en temps dans notre désert.

J'avais frémis lorsqu'on avait proposé à mon père d'abandonner notre solitude : quelle fut ma douleur, lorsqu'il proposa à son frère de se charger de ma conduite , et de me remettre entre les mains de sa mère, qui vivait encore ! Je pleurai , je gémis ; mais il fallut obéir , et deux jours après je fus contrainte de m'arracher des bras de ma famille. Les premiers jours de notre voyage , j'éprouvai une frayeur, un saisissement qui me rendit incapable de rien voir et rien examiner ; mais les caresses et les bontés de mon oncle me rassurèrent enfin , et je sortis de mon anéantissement en arrivant dans

une grande ville qu'on nomme.....:.
Mon Dieu! que ce monde et que
ces gens étaient drôlement fagottés,
sur-tout les femmes ! Comme mon
père m'avait commandé de l'instruire des diverses impressions que
feraient sur moi des usages qui, pour
la plupart, devaient me paraître étrangers, je pris ma plume le second jour
de mon arrivée, et ce qui va suivre
contiendra mes remarques journa-
lières.

CHAPITRE II.

Mes premières impressions.

LE troisième jour de notre voyage, mon oncle, qui m'avait accablé de caresses, eut la satisfaction de me voir plus tranquille. Il commença par me prier de changer de nom, et substituer celui de Faustine à celui de Marie; ce dernier est trop commun, me dit-il, l'autre vous distinguera des personnes du peuple. Oserais-je vous demander, lui ai-je dit, ce que vous entendez par des personnes du peuple, et pourquoi je dois éviter de leur ressembler ? On appelle gens du peuple, m'a-t-il dit, les personnes qui n'ont ni bien ni naissance, et qui, par ces endroits, sont au-

dessous de celles qui ont ces deux
avantages. Ces paroles me rendirent
rêveuse ; et mon oncle m'ayant de--
mandé à quoi je pensais, je rougis
d'abord extrêmement , et lui dit
enfin que je ne comprenais pas comment il se trouvait dans les pays où
nous allions, des gens qui n'avaient
pas de naissance. Depuis que je me
connais , ajoutai je , je n'ai vu
personne qui n'en eût une. Mon oncle
rit de ma simplicité , et me dit
qu'on appelait gens· sans naissance
ceux qui devaient le jour à des
personnes ignorées, pauvres, et qui
exerçaient des professions basses. Je
vous entends , répondis-je à mon
oncle ; les gens sans naissance sont
ceux dont les pères ont exercé des

professions basses; je ne l'oublierai
jamais. Nous arrivâmes à l'auberge,
et pendant le souper on parla à
mon oncle d'une femmê de condition qui, après avoir imité les mauvais exemples que son mari lui avait
donnés sur l'inobservation de la foi
conjugale, avait eu la hardiesse de lui
intenter un procès, qu'elle avait ga-
gné contre toute sorte de justice,
parce qu'elle était jolie et que son
juge ne pouvait rien refuser à d'aimables clientes, sur-tout lorsqu'elles
se piquaient de reconnaissance.
Comme mon oncle m'avait prié de
lui communiquer mes doutes, je pris
la liberté de lui demander si les enfans des personnes dont on venait de
lui parler n'étaient pas des gens sans

naissance. Non assurément, ma nièce,
me dit-il; elles en ont une distin-
guée. Pardonnez-moi mon ignorance,
ai-je ajouté; il me semble, mon
cher oncle, que vous êtes en con-
tradiction avec vous-même ; ne m'a-
vez-vous pas dit qu'on appelait
gens sans naissance ceux dont les
parens exerçaient des professions
basses? or, en est-il de plus viles
pour un homme que celle de scan-
daliser sa femme ; pour une femme,
celle de se déshonorer elle-même
en déshonorant son mari; et pour un
juge, de vendre et de trahir la
justice , parce qu'il en est sollicité
par une belle personne ? ces gens-
là exercent de vilaines professions:
comment donc pouvez-vous dire

qu'ils donnent cette naissance qui
exige le respect et la préférence? Tous
ceux qui étaient à table ne purent
s'empêcher d'éclater de rire, ce qui me
déconcerta un peu; mais je fus rassu-
rée par le discours d'un homme qui
était vis-à-vis de moi : riez tant que
vous voudrez, dit-il à la compagnie,
cette aimable fille a raison; nous nous
croyons en droit de mépriser un honnête homme, parce que lui et ses
aïeux sont restés dans l'ordre de la
Providence, en exerçant des professions qui, pour être sans éclat, ne
laissent pas d'être utile à l'état; nous
appelons mal - à - propos ces professions basses; mais moi, je dis avec
mademoiselle qu'il n'y a rien de bas
que le vice, et que dans quelque état

qu'on soit, on ne mérite d'égard qu'à proportion qu'on est vertueux et noble dans ses procédés.

On est venu dans ce moment avertir mon oncle qu'un marchand d'étoffes le demandait, ce qui nous a fait lever de table.

CHAPITRE III.

L'intérieur d'un Couvent.

COMME mon oncle a quelques affaires à Lyon, qui ne lui permettent
pas de rester auprès de moi, il m'a
proposé d'entrer pour huit jours dans
un couvent; je me suis informée de
ce que signifiait le mot de couvent;
et il m'a dit que c'était une retraite où
se retiraient volontairement plusieurs
filles, pour ne s'occuper uniquement
que de leur salut; que par conséquent
elles renonçaient aux richesses, au
monde, aux plaisirs, à leur volonté
même, pour pouvoir, libres de tous
soins, ne s'occuper que de l'unique
chose nécessaire..... Qu'elles sont heu-

reuses , me suis-je dit, et qu'il me
serait doux de passer ma vie dans
une pareille retraite ! On m'a fait
faire à la hâte une robe négligée, à
ce qu'on dit, et qui me paraît magnifique ; on m'a conduit à l'Abbaye
D*** ; comme mon oncle est fort
connu dans cette maison , on m'y
a accablé de caresses , et aussitôt
après mon entrée on m'a proposé
d'aller saluer Madame ; on me conduisit dans un appartement.... Les
paroles me manquent pour exprimer ce que j'ai senti en y entrant.
C'est un palais que cette chambre;
et si je croyais aux fées , je me serais
persuadée qu'elles seules avaient tra-
vaillé à l'embellir ; le plancher
était poli comme une glace , et j'y
distinguais ma figure.

Il y avait un lit et une tapisserie travaillés à l'aiguille , plus magnifique que la chasuble dont monsieur le curé se sert les jours de grandes fêtes , des pots , placés avec symétrie et remplis de fleurs, exhalaient une odeur dont la chambre était parfumée; les rideaux tirés ne laissaient qu'un demi-jour qui semblait un nouveau lustre ; au reste, des ornemens dont cette chambre était parée , et que je ne détaille pas , de crainte de vous ennuyer. A l'extrémité de cet appartement , celle qu'on nommait Madame était ensevelie dans les coussins qui garnissaient un vaste fauteuil dans lequel elle était assise. Cette Dame, qui paraissait avoir 40 ans, me regarda fixement, et m'honora d'une légère inclination de tête. Elle me fit quelques questions auxquelles je répondis suivant la leçon qui m'avait été dictée. Pendant que je parlais, Madame toussa; aussitôt toute la chambre fut en mouvement; l'une se hâte de lui présenter son crachoir; l'autre lui soutient la tête : celle-ci dit qu'il est horrible qu'en cet état Madame veuille aller au chœur, qu'elle se doit à la raison, et qu'assurément on doit en conscience la forcer de garder la chambre; celle-là court à la fenêtre, met sa main de tous les côtés, et soutient qu'il y a des vents coulis. Pendant ce temps, j'étais demeurée seule et debout. On ne pensait pas même que j'existais, tant la toux de Madame avait troublé les esprits. L'alarme passée, on en revint à l'examen de ma figure, qui plut à Madame; elle me fit l'honneur de me permettre de dîner â sa table ; et sur cela grande congratulation de la part des religieuses : et mais, mon dieu, que vous êtes heureuse, me disait la sœur dépositaire ! savez-vous bien qu'il y a dans la maison plusieurs filles de marquis qui n'ont point encore reçu cet honneur ? A tout cela grandes révérences de ma part, et pas un seul mot; j'étais trop occupée à chercher ce que pouvait être cette Madame, si grave, si majestueuse, si revérée : c'est peut-être une princesse, me dis-je, après avoir bien pensé; elle sera venue passer quelques jours dans ce couvent, et certes elle doit être bien

contente des honneurs qu'on lui rend.
Pendant que je m'occupais de ces pensées , on avertit Madame qu'on avait
servi : elle passa dans un autre appartement moins magnifique , mais d'un
aussi bon goût que le premier ; on se
mit à table ; quelques religieuses eurent
la permission de s'y asseoir ; quelques
autres demeurèrent debout à côté et
derrière son fauteuil , et s'occu-
pèrent à la servir et à lui tenir des propos agréables. Savez-vous, Madame ,
lui dit l'une d'elles , que la jeune
comtesse de**** vient d'entrer aux
Ursulines : je ne sais à quoi elle pense ;
cette maison est pleine de petites bour-
geoises, et une fille de condition sera
fort déplacée parmi elles. Une fille de
condition , reprit une autre avec un

souris moqueur, elle vous doit se
titres de noblesse, ma chère sœur,
du moins du côté de sa mère; son
père, qui avait mal fait ses affaires,
épousa la fille d'un riche épicier, pour
les rétablir, ce qui ne l'a pourtant
pas empêché de faire banqueroute,
et il s'est retiré en Savoie, où il a
quelques biens. Vous avez raconté
son histoire au mieux, dit une
troisième; il était assez bien venu à
la cour du roi de Sardaigne, et ba-
dinait le premier de son mariage.
Le roi lui ayant demandé combien
l'huile se vendait à Lyon? Sire, lui
répondit il, sans cette huile, ma lampe
courrait risque des'éteindre. A propos,
dit une autre religieuse, (et cet à propos venait on ne peut pas mieux)

Mademoiselle de.... se marie ; on pré-
pare les fêtes les plus brillantes, et
l'on m'a fait voir ce matin le mémoire
des habits qu'on lui donnait : cela
est au plus parfait. Et vous a-t-on
fait voir aussi le mémoire des mar-
chands à qui on les doit, dit une
jeune religieuse ; je sais de bonne
part qu'on n'en a pas payé un sou.
Et où prendrait-on de l'argent, dit
une vieille; la mère joue le jour et
la nuit, et Monsieur, de son côté, mène
une vie.... mais n'en parlons point ;
Dieu défend la médisance; il faut
pourtant avouer que ces gens, et
quantité d'autres, ne vivent pas
comme des chrétiens.

Pendant le dîner qui fut long, la
conversation continua sur ce ton

charitable. L'Abbesse y mangea comme quatre , mais d'une manière si décente , qu'elle se crut autorisée à se plaindre de son appétit ; on me pressa aussi de manger, mais la plupart des mets que l'on servit m'étaient étrangers, et mon goût eut peine à s'en accommoder , sur-tout des ra-goûts. Comment l'usage de pareils poisons ne détruit-il pas la santé ? Lorsque je me trouvai seule , je me perdis dans mes réflexions. On m'a-vait annoncé les religieuses comme des filles qui faisaient profession de pauvreté, de renoncer au monde, de simplicité , et leur maison ressem-blait à un palais; elles étaient instruites de toutes les affaires et de toutes les intrigues du monde ; l'orgueil,

l'amour-propre, se faisaient sentir dans
leurs discours, leur maintien, leur
silence même; comment concilier les
idées qu'on m'avait données, avec ce
qui s'offrait à mes yeux?, et cette Madame, j'avais compris qu'elle était la
maîtresse de la maison; mais était-
elle religieuse? elle n'en avait pas
même l'habit. Je mourais d'impatience
de voir mon oncle pour m'instruire
de tout ce que je souhaitais de savoir; mais ses affaires l'ayant retenu
pendant un mois, je ne le vis que
quelques instans. Ma curiosité devenait plus vive chaque jour, parce qu'il n'y en avait aucun où je ne
découvrît de nouveaux usages ,
tous plus extraordinaires les uns que
les autres : heureusement je me trou-

vai du goût d'une religieuse qui
avait beaucoup d'esprit, et qui me
mit au fait de ce qui regardait cette
maison , et la plus grande partie des
abbayes.

Autrefois, me dit-elle , le desir de
ne s'occuper que de son salut con-
duisait dans nos maisons un grand
nombre de filles; elles se nourrissaient
du travail de leurs mains ; quelques-
unes se consacraient à l'éducation
des personnes du sexe ; quelques
autres , comme Magdelaine , s'adon-
naient toutes entières à la contempla-
tion des choses célestes; quelques personnes pieuses, édifiées de la pureté
de leurs mœurs , crurent faire un
acte méritoire en partageant leurs
biens avec elles ; mais l'augmentation

de leurs revenus ne fut pas celle de leurs vertus. Le luxe s'introduisit dans ces maisons ; les parens les regardè- rent comme des asiles honnêtes où ils pouvaient se décharger d'une partie de leurs enfans, pour mettre le reste à leur aise : ce ne fut plus le desir de plaire au Seigneur qui peupla ces retraites, et l'on n'y vit presque plus que des victimes de la cruauté des parens. Ces infortunées crurent pou- voir se dédommager de la privation des plaisirs auxquels on les forçait de renoncer, en se procurant l'occasion d'en entendre parler ; les parloirs furent plus fréquentés que le chœur ; on s'attacha à déchirer les mondains qu'on eût souhaité de pouvoir imiter. Pour comble de maux, on asservit ces

malheureuses victimes aux volontés
d'une Abbesse, ordinairement fille de
condition ; ces dernières, maîtresses
des biens de la maison, s'y établirent
un empire despotique. Chacune des
religieuses s'empressa de gagner les
bonnes grâces de Madame, dans l'espérance de partager ses aisances
ses amusemens et sa dissipation. On
lui fit bassement sa cour ; la jalousie,
les brigues, la haine, s'emparèrent
des esprits. Une Abbesse, déja trop fière
de sa naissance, parvint au point de se
croire une souveraine, et malheur
à celles qui eurent assez de noblesse
d'âme pour ne point descendre à
l'adulation la moins décente ! Cham-
bres, habits, alimens, tout leur fut
partagé avec une sordide épargne, et

elles se trouvèrent en butte à toutes les injustices des favorites de Madame : Voila ma situation, me dit cette fille. J'ai trop de cœur pour encenser l'idole, aussi suis-je le jouet de toute la maison ; heureusement je suis philosophe, et sais me mettre au-dessus de mille riens qui rendraient une autre malheureuse.

Je demandai à cette religieuse comment elle avait pu se résoudre à embrasser un pareil genre de vie, et par quel enchantement les couvens étaient pleins de filles aimables ? Qu'on renonce à tout, parce qu'on espère faire son salut, je le comprends, dis-je à cette fille; mais si j'en crois mes yeux et le récit que vous venez de me faire, le cloître n'est plus l'asile de l'innocence et de la vertu ; on y renonce aux vices grossiers, pour se livrer à ceux de l'esprit, et tout l'avantage qu'on a sur les mondains, c'est de se damner avec plus de difficulté et de sécurité.

La plupart des filles qui entrent dans nos maisons, reprit la religieuse, y viennent dans un âge où elles ne connaissent ni le monde qu'elles quittent, ni le genre de vie qu'elles embrassent. Il en est d'autres que la raison y conduit ; une fille de condition, sans bien, trouve un asile dans le cloître, et se détermine à y entrer pour ne point traîner un grand nom dans l'indigence. Un pareil motif a fondé ma vocation. Mon père m'ayant représenté qu'il n'était pas en état de m'établir selon ma naissance, m'exhorta à passer quelque temps dans le couvent : je ne vous contraindrai jamais à vous faire religieuse, me dit-il ; mais je mourrais content si la raison pouvait vous déterminer à embrasser cet état qui convient à votre situation. J'obéis à mon père ; je passai deux ans dans un couvent, et je me déterminai à m'y engager, dans l'impossibilité de vivre à mon aise dans le monde. J'essuyai d'abord des dégoûts insurmontables ; je parvins enfin à vivre tranquille ; mais un événement imprévu vint troubler la paix que je m'étais procurée. Il y avait huit ans que j'étais religieuse, lorsqu'un de mes pa-

rens, qui demeurait à la campagne,
vint me voir. Il me parla de la surprise où il avait été en apprenant que
j'avais fait mes vœux, et ajouta qu'il
fallait que ma vocation fût bien solide
pour avoir résisté à la tentation qui
s'était offerte pendant mon noviciat.
Ce discours était une énigme pour
moi ; il me l'expliqua et m'apprit
qu'un de mes oncles m'avait fait son
héritière, et m'avait mis par-là en
état de prétendre aux meilleurs partis. Mon père, qui aimait mon frère
au-delà de l'imagination, eut grand
soin de me cacher cette nouvelle, et
je crus ne devoir qu'à la bonté de son
cœur une pension qu'il m'assura pour
mes menus plaisirs.

Je n'eus pas plutôt reçu ces funestes

éclaircissemens, que mon état me devint insupportable. Je fus six mois
abîmée dans la douleur; mais ayant
fait réflexion que mon mal était sans
remède, je m'armai de toute ma raison, je devins philosophe et fis au
Seigneur le sacrifice de tous les désagrémens de mon état. Je vis dans
cette maison comme une étrangère;
je n'ai de société qu'avec deux religieuses aussi détestées que moi, et
nous nous amusons des brigues et des
sottises des autres, sans être tentées
de les partager.

CHAPITRE IV.

Prises d'Habit. — Aventure de Œufs.—Mon entrée dans le Monde.

PENDANT que j'étais dans cette maison, il y eut deux prises d'habit; c'est-à-dire que deux filles ont quitté les habits du monde pour prendre ceux de religieuse. L'une est une fille de quinze ans, belle comme l'amour. Sa mère; qui est jeune et coquette, n'a pu soutenir la vue d'une rivale qui l'effacerait bientôt , et cette mère barbare sacrifie son enfant au desir de briller dans le monde. La pauvre innocente! elle ne se sent pas de joie; on lui a fait essayer l'habit de religieuse ; on a dit qu'elle était charmante ; elle va être l'héroïne d'une fête , au-dessus des autres pension-naires ses compagnes : voilà les mo-tifs qui l'engagent à se sacrifier. L'au-tre est une fille de vingt-cinq ans , fort aimable , qui résiste depuis sept ans à tous les mauvais traitemens que lui fait sa mère. Cette femme, quoique dévote , veut marier avantageuse-ment sa cadette, qui est son idole , et celle-ci, lasse de résister à cette mère injuste, vient enfin de se déterminer à son sacrifice. Je ne sais ce qui doit étonner davantage , ou de la cruauté des mères de ces malheureuses vic-times , ou de la criminelle intelli-gence des religieuses. Elles connais-sent , à n'en pas douter , que ces pauvres filles ne sont point venues dans leur maison par le desir de faire leur salut. La seconde ne dissimule point l'horreur qu'elle ressent pour l'état qu'on la force d'embrasser; cependant elles aident les parens, et ferment les yeux sur les suites malheureuses de leur prévarication. La religieuse, ma bonne amie, n'a pas craint d'encourir l'indignation de l'abbesse; elle a conseillé à Mlle. des Arcis, c'est le nom de la seconde novice, de ne point consommer son sacrifice, et de protester contre la violence. Effectivement, cette fille m'a priée de me charger d'un papier dans lequel elle détaille tout ce qu'on lui a fait souffrir pour l'engager à renoncer au monde. Elle proteste devant Dieu que les vœux que sa bou-

che va prononcer seront désavoués
pâr son cœur. Je porterai ce papier
à un notaire, moyennant quoi cette
fille peut réclamer, c'est-à-dire ren-
trer dans le monde lorsque sa mère
en sera sortie.

J'ai versé des larmes lorsque je me
suis séparée de ma bonne religieuse ;
mais quelque fête qu'on m'ait fait
dans cette maison, je ne puis m'empêcher d'avoir beaucoup de mépris
pour la plupart des filles qui y sont
captives, parce qu'au lieu d'éclairer les
autres sur les désagrémens de cet état,
elles n'épargnent rien pour leur fasci-
ner les yeux ; j'en excepte quelques-
unes qui ne s'occupent que de leurs
devoirs, et qui laissant aux autres le
parloir et la cour de Madame, vivent

en vraies religieuses ; oh ! pour celles-là, je les respecte. On dit que le roi veut faire une loi qui remédie à tous ces abus. En vérité, il fera là une très-belle et très-bonne action, et attirera la bénédiction de Dieu sur son royaume.

Nous nous sommes embarqués à Lyon dans un grand bateau qu'on nomme la diligence, et il nous est arrivé une aventure fort singulière sur le chemin d'Auxerre à Paris. C'est la coutume, à ce qu'on m'a dit, de se dire des injures sur l'eau, lorsqu'on se rencontre. Tout le monde se prête à cette manie qui me paraît folle, et dont je voudrais savoir l'origine. Nous avions rencontré un grand bateau chargé de Parisiens qui allaient

voir une fête à Choisy, et qui, par
conséquent, avaient leurs habits des
dimanches. Un homme âgé, qui était
dans notre bateau, a imaginé beaucoup de plaisir à déranger leur parure. Il s'est adressé à la vivandière,
et lui a payé environ cinquante œufs
qu'elle avait ; il les a distribués à tout
le monde, et lorsque nous avons été
vis-à-vis de l'autre bateau, l'on a jeté
les œufs sur ceux qui y étaient ; ce
qui a gâté tous leurs habits et leur a
fait jeter de grands cris qui étaient à
peine entendus, tant on riait dans
notre bateau. Chacun complimentait
cet homme sur l'invention qu'il avait
trouvée, et il en paraissait tout glo-
rieux. Quelque risible que parut cet
événement, je ne pus m'empêcher

d'être touchée du chagrin qu'il devait causer à ceux dont les habits
étaient gâtés ; et comme cette idée
m'empêchait de rire comme les autres ; cet homme m'a demandé d'où
provenait mon sérieux, en apercevant
en même-temps que je n'avais pas
jeté l'œuf qu'il m'avait donné; il m'en
a fait des reproches. Je baissais la tête
sans lui répondre ; mon oncle m'a fait
la même question, et je lui ai répondu toute honteuse : c'est que si j'avais
été à la place de ces gens je n'aurais
pas été bien aise qu'on m'eût gâté mon
habit , et mon père m'a toujours dit
qu'il ne fallait jamais faire aux autres
ce que nous ne voudrions pas qu'on
nous fît. Tous ceux qui étaient dans
le bateau s'entre-regardèrent. Il sem-

blait que c'était la première fois qu'ils entendaient cette maxime de l'évangile , tant ils étaient étonnés. Savez-vous bien que cet enfant a répondu comme un ange , dit une dame qui était à côté de moi ; je vous jure que je veux profiter de la leçon qu'elle nous donne aujourd'hui. Peut-être la plupart des habits que nous avons gâtés étaient-ils uniques en beauté ; du moins, ne serions-nous pas, en conscience, sujets à restitution? C'est pousser un peu loin le scrupule, dit une autre dame ; et je ne vois pas qu'il soit défendu de se divertir innocemment. Peut-on appeler jeu innocent , reprit la première , quelque chose qui afflige notre prochain? et l'humanité comme la religion ne nous

défendent - elles pas de semblables
jeux ? Pour moi , j'y renonce pour
toute la vie , et je tâcherai de me demander dans toutes les occasions :
voudrais-je qu'on agît à mon égard
comme je fais à l'égard des autres ?
cela m'épargnera bien des fautes contre la charité , que je commets par
étourderie , car je ne suis pas mé-
chante. D'ailleurs, je ne crois pas avoir
rien dit de trop , lorsque j'ai avancé
que nous étions sujets à restitution ;
ce précepte ne regarde pas seulement
les voleurs : de quelque façon que
nous ayons causé du dommage à notre
prochain , nous ne sommes ni chrétiens , ni honnêtes gens, si nous ne
faisons nos efforts pour le réparer ;
mais on se fait illusion sur bien des

choses, moi la première. Je veux
prendre des leçons de la petite, il me
paraît qu'elle sort d'une école excellente ; et tout de suite cette dame
m'embrasse, donne son adresse à mon
oncle, et le prie de me mener dîner
chez elle ; cela m'a fait un grand plaisir ; je me sens une vraie inclination
pour elle.

En sortant du bateau, nous avons
trouvé une grande dame qui nous attendait dans un carrosse. Elle a jeté
de grands cris de joie lorsqu'elle m'a
vue, et étant sortie de sa voiture elle
m'a tenue fort long-temps serrée dans
ses bras. Cette dame est ma grand-
mère, et c'est avec elle que je vais
demeurer. Nous avons été ensemble
dans une grande maison, qui est pres-

qu'aussi belle que la chambre de la dame abbesse. A peine étions-nous entrée, qu'on a fait venir une couturière avec de belles étoffes, et on lui a commandé quatre robes magnifiques.—Je n'ai qu'un corps, me disais-je en moi-même, pourquoi tant de robes ? De l'argent qu'on dépense pour cela, on aurait vêtu tant de pauvres gens dans nos montagnes, qui n'ont que des haillons pour se couvrir. Mais je n'ose dire tout ce que je pense ; cette grand-mère a l'air absolue, et malgré ses caresses elle m'inspire une crainte excessive. Nous nous sommes couchées de bonne heure, parce que j'étais fatiguée, et le lendemain on a fait venir une femme pour me couper les cheveux. Elle m'a mis

ensuite quantité de petits morceaux
de papiers autour de la tête , et m'a
tellement tiraillée que j'en ai pleuré.
O mon pauvre village ! où êtes-vous ?
J'étais habillée en un quart d'heure ,
et on m'a tenue plus de cinq heures
pour me coéffer ; ce n'est pas tout ,
on a serré tous ces petits papiers dans
un fer chaud, on m'a brûlée jusqu'au
vif, et je n'ai osé me plaindre. Je me
suis regardée dans un miroir lorsque
j'ai été habillée , et je ne me suis pas
reconnue. J'avais la tête comme un
mouton , une coéffure large de trois
doigts , une robe toute déchiquetée
et de morceaux qui pendaient avec
symétrie. Mon Dieu ! que cela me
paraît fou. Sur les cinq heures du soir,
il est venu de la compagnie. On m'a

tourné de tous les côtés, on m'a trouvée jolie ; mais on a décidé que j'étais
gauche. Je vous demande pardon , ai-
je dit, je ne me sers jamais que de ma
main droite. La compagnie a ri , et
ma grand'mère, qui est devenue rouge
comme du feu, m'a dit que je raison-
nais comme une sotte. Je ne comprends pas pourquoi, car enfin, je ne
suis pas gauchère, et je ne l'ai jamais
été. Une des amies de ma grand'mère
est arrivée dans ce moment ; elle a
fait une exclamation en me voyant,
et a répété plus de cent fois que j'é-
tais charmante, et qu'il lui semblait
qu'elle voyait ma grand'mère lorsqu'elle était jeune. Je ne savais pourquoi toute la compagnie avait les yeux
baissés et mourait d'envie de rire ;

mais je l'appris le soir. Tout-à-coup
cette femme ayant examiné ma coêffure, s'est récriée : mais cela est horrible, il y a trois jours qu'on porte à
la cour les chignons retroussés, et
celui de mademoiselle est bouclé ; je
ne souffrirai pas, Madame, que vous
la laissiez sortir de la sorte ; fi donc !
on se moquerait de vous, vîte une
coêffeuse, et qu'on relève ce chignon ;
et tout de suite elle appelle une fille
qu'on m'a donnée pour me servir,
et qu'on nomme ma femme-de-chambre ; elle lui ordonne impérieusement
de faire avertir sa coêffeuse, qui vint
au bout de six minutes ; je crois, moi,
qu'elle était en sentinelle à la porte,
dans l'intention de me remettre à une
nouvelle torture. Mon Dieu, que

cette femme m'a fait souffrir ! On ne
m'avait laissé que quatre doigts de
cheveux que l'on a tiré horriblement
pour en faire un chignon. J'en ai un
mal de tête horrible, et je ne dois pas
espérer en être quitte sitôt ; car on
m'a cousu mes cheveux, et on n'a
point eu d'égard à la propreté, qui
veut qu'on se peigne tous les jours.
Que cette vie m'ennuie ! Mais mon
oncle, qui est à Versailles, revient ce
soir, et je vais le prier de me renvoyer chez mon père ; je mourrais s'il
fallait rester ici plus long-temps.

CHAPITRE V.

Mademoiselle de Lorme.

JE croyais que la journée d'hier ne finirait jamais. Toute la ville s'était , je crois, donné rendez-vous chez ma grand'mère, et nous étiens vingt-deux personnes à table pour souper; il m'a d'autant plus ennuyé que j'entends à peine le langage de ceux qui y étaient: je comprends pourtant tous les mots qu'ils disent, mais de tous ces mots rassemblés, je ne pourrais pas faire un discours sensé d'une demi-page. Il y a une chose qui me passe; c'est que tous ses gens-là qui paraissent amis , qui se rassemblent, disent-ils, pour avoir le plaisir de se voir, qui se car-

ressent et se flattent mutuellement, se
déchirent sitôt qu'ils ont le dos tourné.
Mon dieu, que cela me paraît bas et
méprisable ! J'ai souvent fait le sujet
de la conversation. On se récrie sur
mes traits, sur ma taille ; on lit dans
mes yeux que j'aurai de l'esprit , et
personne ne s'avise de s'informer si
j'ai un bon caractère , si je suis sincère, charitable, pieuse, docile. Je
soupçonne même que ces qualités, loin
de paraître estimables , sont le sujet
des railleries de tous ces gens-là , et
que, pour leur plaire , il faudra les
cacher bien soigneusement : quel
supplice !

J'ai trouvé dans mon malheur une
satisfaction à laquelle je ne m'atten-
dais pas. Il y a chez ma grand'mère

une femme respectable, qui, sous un
extérieur simple et réservé, cache
beaucoup de raison et de vertu. Cette
femme, qui depuis quarante ans sert
de femme-de-chambre à madame de
Ramsai, a élevé mon père, et par cette
raison m'est fort attachée. A peine fus-
je seule avec elle, que je ne pus m'empêcher de pleurer. Cette femme me
parut si touché de ma douleur, que
je lui ouvris mon cœur, et lui fis
part du dégoût que me causait mon
nouveau genre de vie. Je suis charmée
de vos dispositions , me dit cette
femme, elles me rassurent sur la crainte
où j'étais que vous ne vinssiez enfin à
partager les ridicules de ceux avec
lesquels vous allez vivre. Je vous demande pardon, lui dis-je, je n'y vivrai

certainement pas, et je vais prier mon
oncle de me renvoyer chez mon père.
Vous le feriez inutilement, me dit
mademoiselle Delorme (c'est le nom
de cette femme), votre père veut que
vous restiez quelques années à Paris;
il n'ignore pas les désagrémens que
vous y aurez, mais il vous croit assez
raisonnable pour les supporter avec
fermeté et corstance : je vous con-
solerai dans tout ce qui dépendra de
moi; et pour commencer à vous être
utile, je vais vous donner une idée du
caractère de ceux avec lesquels vous
êtes destinée à vivre quelque tems.

Dans le monde on se lie sans se
connaître, on vit ensemble sans s'aimer et l'on se quitte sans regret; l'a-
mour-propre est le lien de presque

toutes les sociétés. Il faut se débaras-
ser d'un loisir que l'oisiveté rend à
charge, étaler sa parure, ses grâces,
ses talens, satisfaire le goût que l'on a
pour le jeu, la démangeaison de mé-
dire, de rabaisser les vertus des autres
pour s'élever à leurs dépens ; voilà ce
qui rassemble assidument les hu-
mains : il est pourtant d'autres sociétés aussi estimables que celles-ci le
sont peu, mais malheureusement pour
vous, madame de Ramsai n'en connaît pas de ce genre, et vous ne trou-
verez que ce que je vous ai annoncé
par-tout où elle vous produira. Madame de Ramsai a le cœur bon, mais
quantité de défauts rendent souvent
cette qualité inutile : sa vanité sur-
tout, est insuportable. Qui sait la

flatter à propos peut disposer à son gré de tout ce qui lui appartient, et d'elle-même. C'est par cet endroit que cette grande femme que vous avez vue tantôt, s'est impatronisé dans la maison, où tout ne se fait que par ses ordres ; tout le monde est choqué du sang-froid avec lequel elle prodigue à Madame les louanges les plus outrées : votre grand'mère est la seule qui la croit de bonne foi, et l'on serait sûr de devenir l'objet de sa haîne, si l'on entreprenait de lui ouvrir les yeux sur cet article. Il faut donc vous résoudre à faire vos efforts pour gagner les bonnes grâces de cette femme, et vous serez sûre d'être l'idole de madame de Ramsai. Je vous assure, ai-je répondu à mademoiselle De-

lorme, que je serai bien malheureuse
si ma félicité dépend de cela; je me
sens un si grand mépris pour cette
femme, que je ne pourrai jamais
m'empêcher de le rendre sensible.
J'aimerais mieux, je crois, vivre avec
un voleur qu'avec un flatteur, et
de tous les caractères c'est celui que
je trouve le plus méprisable, parce que
c'est le plus faux.

Vous avez raison, mon enfant,
me dit mademoiselle Delorme; mais
dans le monde, à votre âge sur-tout,
on doit se faire un devoir d'étouffer
ses répugnances. On serait trop heureux si on pouvait parvenir à ne
voir que des personnes estimables;
mais, dans votre situation, il faut tâcher de vous plier à tout, de profiter

de tout, et même que les ridicules qui
vont s'offrir à vos yeux , servent à
votre instruction , à votre amuse-
ment , et que dans un temps plus
heureux, ils vous apprennent à choisir une société qui en soit exempte.
Au reste , l'honneur et la probité
règlent les sentimens de madame de
Ramsai, et vous n'avez rien à craindre
sur cet article; cela doit vous ras-
surer.

J'ai promis à mademoiselle Delorme de suivre ses conseils, et je suis
trop heureuse d'avoir trouvé une
personne à laquelle je pourrai ouvrir mon cœur. Je lui ai demandé
comment il fallait m'y prendre pour
plaire à cette dame que je méprise si
fort. Paraître docile à ce qu'elle exi-

gera de vous, me dit-elle; mad. Doucet
alors sera charmée de tout ce que vous
direz et ferez, et votre mère, par conséquent, et vous coulerez avec moins
d'ennui et de désagrément le temps
que vous avez à passer ici.

Nous devons demain dîner en ville;
c'est, dit-on, chez une femme du bel
air, et Mlle. Delorme m'avertit que jé
verrai quelque chose de fort amusant;
malgré cela mon impatience n'est pas
bien vive. Nous irons de là à un endroit que l'on nomme le Palais-Royal,
puis à la comédie, je dis les noms de
ces choses comme je les ai entendu
dire, mais je ne sais encore ce qu'elles
signifient, et mon amie ne veut pas
m'en instruire pour me laisser le plaisir de la surprise.

CHAPITRE VI.

Madame d'Ablencourt.

La coêffeuse s'est emparée de moi
à neuf heures du matin , et je ne
suis sortie de ses mains qu'à midi ,
pour passer en celles de la couturière.
Nous sommes arrivés à une heure
sonnée chez Mad. d'Ablencourt, et
cependant sa femme-de-chambre ,
en nous faisant des excuses ,
nous a prié de passer dans une
salle , parce qu'il n'était pas jour
chez Madame. Comme mon oncle s'est
trouvé à côté de moi , je lui ai demandé ce que cela signifiait, je
croyais qu'il était jour par-tout. Il rit
toujours lorsque je lui fais des ques-

-tions, mais il me répond avec bonté, et m'a dit que chez les gens du bel air cela signifiait qu'on n'était pas encore levé. Au bout d'un quart-d'heure, on nous a prié de passer chez Madame; elle s'est écriée en nous voyant : je suis confuse de vous avoir fait attendre; mais en vérité je suis excusable, car je me suis couchée à huit heures du matin. Elle était assise sur son lit, et y reçut, outre notre visite, celle de deux jeunes cavaliers; cela me paraît indécent. Elle m'a beaucoup examinée, m'a donné de grandes louanges, et a dit qu'elle était bien indiscrette de recevoir chez elle une figure comme la mienne, ce qui lui a attiré bien des complimens de la part des deux ca-

valiers, qui l'ont assurée que rien ne
pouvait l'égaler , qu'elle était belle
comme un ange , qu'elle avait une
fraîcheur... Vous m'impatientez avec
votre fraîcheur, leur a-t-elle dit; tout
le monde me fait ce mauvais compli-
ment, rien de plus ignoble pour une
femme de mon âge : savez-vous bien
que j'ai vingt-deux ans. Effectivement c'est un âge très-avancé , lui
a dit mon oncle en riant , vous tou-
chez à la vieillesse. Vous croyez badiner, a-t-elle répondu , la vieillesse
succède immédiatement à l'âge des plaisirs ; celui-ci ne va guère au-delà de
six lustres , et à ce compte je suis près
de la vieillesse ; or il n'appartient
qu'à une religieuse ou à une bourgeoise d'avoir le teint frais à vingt-

deux ans ; une femme du bon ton est censée devoir passer les nuits à table, à boire du vin de champagne, et doit être usée à mon âge.

Madame d'Ablencourt n'est point belle, c'est - à - dire, que ses traits ne sont point ce que j'ai entendu nommer réguliers ; mais un charme inexprimable répandu sur toute sa personne, force tout ceux qui l'approchent de l'aimer. Je vais la peindre, non telle qu'elle m'a paru au premier coup - d'œil, mais telle que je l'ai vue depuis un mois que je la connais; car pendant ce temps je n'ai pas trouvé un moment pour écrire. Elle est demeurée veuve et riche à dix-huit ans, et ne veut pas entendre parler d'un second engage-

6

ment, ce qui n'empêche pas qu'elle ait un grand nombre d'adorateurs, qu'elle écoute volontiers ; mais le public assure qu'elle est sage , et ordinairement on peut compter sur ses arrêts quand ils sont favorables , du moins ma gouvernante me l'assure. Elle est d'une vivacité prodigieuse , parle un moment avant de penser , débite mille extravagances , qui quelquefois la conduisent à parler juste sans qu'elle s'en apperçoive , et alors elle dit les choses les plus sensées; ses écarts sont courts , elle en rougit , en demande pardon , et tâche de réparer cette faute en redoublant sa folie. Je lui ai entendu faire mille questions, sans qu'elle pût gagner sur elle de laisser achever la réponse ; elle chante , danse, rit aux éclats dans le même moment : en un mot, si l'on voulait personnifier l'étourderie, il faudrait la peindre. Elle aurait, je crois, le cœur excellent si elle était capable de l'écouter, mais toute à l'extérieur, elle ignore ce qui se passe en elle-même ; elle fait le bien ou le mal par caprice.

Madame d'Ablencourt ne sortit de son lit que pour se mettre à table ; le dîner fut court et simple, on se réservait pour le souper ; d'ailleurs, elle nous annonça qu'il fallait se presser, parce qu'elle voulait faire un tour au Palais-Royal avant d'entrer à l'Opéra : vous avez un furieux goût pour la promenade, lui dit un des convives. Je vous jure, lui dit-elle,

que je ne m'en soucie point, mais j'ai
une robe neuve à promener ; je suis
sûre qu'elle attirera les yeux de tout
le monde, et si je remettais ma promenade, je risquerais de ne plus avoir
le mérite de la nouveauté ; la garni-
ture de cette robe est de mon invention ; mais la couturière qui l'a exé-
cutée ne m'a promis le secret que
jusqu'à demain ; vous voyez que ceci
devient une affaire de conséquence.
On s'est donc pressé de dîner, et Madame d'Ablencourt a passé dans son
cabinet de toilette, avec la compagnie. Elle y a passé sa chemise devant
tout le monde, d'une manière décente à la vérité, mais cet usage,
malgré ces précautions me révolte.
Lorsqu'elle a été coêffée, elle s'est

fait donner un coffre rempli de petits
pots pleins de peinture ; elle s'est
peigné les sourcils qu'elle a teint en
noir , s'est fait des veines au front
avec une autre drogue rouge. Ah !
qu'elle m'a paru laide alors ! je n'ai
pu étouffer le premier mouvement :
quel dommage ! me suis - je écriée.
Que voulez-vous dire , mon ange ;
m'a-t-elle dit ? J'aurais pleuré de dépit d'avoir été si étourdie, mais le mot
était lâché , et il a fallu absolument
m'expliquer. Je lui ai donc avoué en
rougissant que j'étais fâché qu'elle
eût gâté son visage. Cet enfant a raison , dit-elle ; mais, ma chère , les
hommes sont tous de même, ils nous
veulent barbouillées. Ils crient tous
contre le rouge, et ne peuvent souffrir

une femme qui n'en a point. Vous nous
faites injure, dit l'un des cavaliers ;
si toutes les femmes vous ressem-
blaient, on consentirait de bon cœur
à les voir dans leur naturel ; mais il
en est un si grand nombre qui seraient
horribles sans ce secours, qu'on doit
leur passer les roses et les lys qu'elles
empruntent sur leur toilette. Je suis
persuadée, dit Madame d'Ablencourt,
que cette mode a été inventée par les
vieilles et les laides, et en cela elles
ont montré beaucoup de jugement;
à dix pas on ne distingue pas les traits,
et si vous voulez y prendre garde,
vous ne verrez qu'un seul visage à la
promenade, ou plutôt un seul portrait, les traits sont ensevelis sous le
plâtre et le carmin ; mais du moins

cette mode a de commode qu'elle dis-
pense du régime, et qu'on peut im-
punément sabler le champagne sans
craindre les traces qu'il laisse sur la
figure. Je croyais, à l'entendre parler, qu'elle aimait passionnément le
vin, mais j'ai appris que par goût elle
ne boit que de l'eau quand elle est
seule, et que son goût pour le champagne n'est qu'un air qu'elle se donne,
parce que c'est celui des dames de la
cour.

CHAPITRE VII.

Je vais à l'Opéra ; j'apprends à connaître le monde.

Nous n'avons resté qu'un quart-d'heure dans le jardin du Palais-Royal, et, comme on me l'avait prédit, je n'y ai vu qu'un visage, ou plutôt des figures enluminées qui paraissaient se ressembler parfaitement. Le motif de leur promenade n'était pas équivoque ; les hommes, comme les femmes, semblaient dire par leurs démarches : regardez-moi bien, je possède les bons airs, je suis mise dans le dernier goût. Je vis de près, des femmes fort laides ; mais je gagerais à leur mine qu'elles ne s'en doutent pas , ou que du moins , elles croyent leur laideur compensée ou par leur port , ou par le brillant de leurs parures. Madame d'Ablencourt a paru moins occupée de sa robe que de moi ; partout où je passais , on entendait dire à demi bas : qu'elle est belle ! Cela m'a si fort décontenancée , que je n'osais lever les yeux ; j'en aurais pleuré volontiers : mès jambes tremblaient sous moi , et j'avais une grande impatience de me dérober aux regards de cette multitude. Nous sommes enfin sorties , et l'on m'a conduite dans un endroit où l'on y voyait à peine. Comme on nous ouvrait la porte d'une fort petite chambre , un bruit auquel je n'avais garde

7

de m'attendre , accompagné d'une
clarté subite , ma fait jeter un grand
cri. Un palais où l'or brillait de toutes parts s'est offert à mes yeux; mon
ame semblait combattue entre le
desir de passer dans mes yeux et
celui de se fixer dans mes oreilles ,
car ce bruit qui m'avait surprise ,
était celui d'un grand nombre d'instrumens, dont l'accord avait quelque
chose de si flatteur , qu'il m'enlevait
à moi-même. Des voix mélodieuses
se sont mêlées avec ces instrumens ,
et j'ai cru démêler , par les gestes des
personnes qui chantaient , qu'elles
éprouvaient tour-à-tour diverses
passions ; mais comme je n'entendais
pas leurs discours , il ne m'était pas
possible de bien juger de leurs mou-

vemens. A la fin, une dame magnifique est entrée. Pour celle là, elle
parlait français. J'ai demandé à mon
oncle, pourquoi les autres chanteurs
parlaient une langue étrangère : jugez
de ma surprise, quand il m'a assuré
que tous parlaient le même langage
que cette dame ; mais qu'ils le pro-
nonçaient si mal, qu'il n'était pas
possible de les entendre. Ce spectacle,
(car on m'a dit que c'était l'Opéra)
m'a paru fort court. Il y avait des
danses, et mille choses que je ne
comprends pas. Par exemple, ce beau
palais qui m'avait enchantée, a disparu tout d'un coup, et un désert
affreux a pris sa place. Pour moi,
j'aurais bien passé là toute la nuit, et
je m'y serais moins ennuyée qu'à

table, où l'on a resté jusqu'à quatre
heures du matin ; nous y étions
quinze, et excepté mon oncle et moi,
tout ce monde était d'une gaîté qui
me paraît ridicule, parce qu'elle n'é-
tait fondé sur rien. On y faisait des
éclats de rire indécens et puériles, et
cela sur des choses qui ne demandaient
pas un simple sourire. Aussi, ai-je
remarqué dansle commencement que
les ris étaient forcés ; on s'excitait
pour paraître gai , et à force de s'exciter, on est venu à bout de sortir
hors de soi-même. Autant que j'en
puis juger , c'est en quoi ces gens
mettent toute leur félicité ; ils sem-
blent qu'ils regardent comme le plus
grand supplice d'être un moment au-
dedans d'eux-mêmes.

Nous sommes rentrés chez nous à la pointe du jour ; et comme mon heure de sommeil était passée, je n'ai pu fermer l'œil. Le lendemain, mon oncle m'a demandé comment je trouvais madame d'Ablencourt, et m'a commandé de lui dire la vérité. La plus ridicule et la plus aimable femme du monde, lui ai-je dit. Vous avez raison, m'a-t-il répondu en soupirant ; cependant, ma chère Faustine, malgré ses ridicules, je vous conjure de l'aimer, de la voir souvent, et de ne lui rien cacher de ce que vous penserez sur son compte. Je l'ai prévenue sur la sincérité de votre caractère ; elle se fait, dit-elle, un plaisir de voir en vous la simple nature, et peut-être que cette vue pourra l'en

rapprocher. Je ne conçois rien à la
tristesse de mon oncle ! Serait-il amoureux de cette femme ? ou aurait-il
simplement pitié du déréglement de
sa raison ? N'importe ; un certain je
ne sais quoi m'entraîne vers elle, et
je donnerais tout au monde pour la
rendre raisonnable.

Ma grand'mère a été malade, et j'ai
été quinze jours sans sortir de la maison : ils ont passé comme une éclair.
Peu de parure, beaucoup de lecture ;
je croyais presque être dans ma solitude ; ce matin, mon oncle m'a conduit chez madame d'Ablencourt ; elle
ne voyait personne ce jour-là, mais
elle m'a reçue avec plaisir. J'ai de
l'humeur comme un dogue ; mais
j'espère que ma chère petite voudra

bien me la pardonner, m'a-t-elle dit
en m'embrassant. Comme je lui trouvais bon visage, et que je n'ai jamais
entendu nommer cette maladie, je lui
ai dit qu'apparemment elle n'était
point dangereuse, et que je n'avais
jamais vu que personne en fût mort.
Cette pensée l'a divertie, et elle m'a
dit que c'était une maladie de l'esprit
qui n'empêchait pas le córps de se
bien porter. Au reste, mon enfant,
a-t-elle ajouté, il n'est pas séant à une
jolie femme d'ignorer ce que c'est que
l'humeur, ainsi je vais vous en instruire. On appelle humeur une disposition d'esprit qui fait que tout ce
qui nous environne nous déplaît et
nous choque. Dans les femmes ordi-
naires, c'est un défaut qui paraît in-

supportable. Dans une femme à la mode, c'est un agrément, un sel qui rend ses charmes plus piquans. Une femme toujours égale ennuie bientôt ; on le passe à une bourgeoise destinée à vivre avec un mari aussi sot qu'elle ; mais une femme comme il faut doit se varier : elle paraît alors sous une forme nouvelle , et ces nuages qui doivent être passagers , donnent un nouveau prix aux momens où il lui prend envie d'être d'un commerce aimable. Il est de deux sortes d'humeurs : une qui provient de la disposition du corps , et l'autre qu'on affecte quand on le juge à propos. Dans la première, il faut bien se garder de se montrer, on ne serait pas maîtresse du degré dans lequel il fau-

drait qu'elle parût, et c'est ce qui
m'oblige à rester seule tout le jour :
pour la seconde, on la proportionne
aux temps et aux personnages ; et si
on sait ménager cette ressource, on
en tire de grands avantages pour
plaire. Vous paraissez étonnée , ma
chère , (et je l'étais véritablement.)
Il vous paraît , sans doute , incom-
préhensible qu'on soit réduite à gâter
la nature et à affecter des défauts
qu'on n'a pas ? Quand vous con-
naîtrez un peu mieux le monde , vous
sentirez qu'une personne qui n'a que
des vertus à offrir , peut, tout au
plus, passer pour une femme estimable, mais qu'elle ne parviendra jamais
à la réputation d'une femme aimable.
Vous même, avec votre figure char-

mante , ne pourrez tout au plus
qu'amuser les yeux pour quelques
instans ; peut-être parviendrez-vous
à toucher quelque cœur tout neuf ,
mais il faudra vous résoudre à vous
ensevelir avec lui dans une retraite ,
ou vous attendre à le voir passer sous
les lois de quelque coquette surannée,
dont l'art l'emportera sur vos charmes
et sur vos vertus. Et que m'importe,
Madame, lui ai-je dit, que tous les
hommes du monde soient dupés par
une coquette ? qu'ils l'adorent, à la
bonne heure , pourvu qu'ils m'esti-
ment j'en suis contente. Vous ne penserez pas toujours ainsi , ma chère
Faustine, il fut un temps heureux ,
ajouta-t-elle en soupirant , où j'avais
les mêmes idées ; mais que j'ai cruel-

lement appris qu'il est des momens
où il ne suffit pas de paraître estimable ! Il faut se prêter au déréglement
de l'esprit des hommes, à leurs extravagances, si on veut les subjuguer.
Je vous ferai voir quelque jour par
quel degré je suis parvenue à penser
comme je fais; mais aujourd'hui je
n'ose hasarder cet aveu, une indis-
crétion de votre part me perdrait pour
toujours. Qui n'aurait cru, à ce discours, que madame d'Ablencourt
avait dessein de me confier les désor-
dres de sa vie ? J'en demeurai convaincue, et malgré le doute qu'elle
semblait avoir de ma discrétion, je
craignis qu'elle ne se déterminât à me
faire quelques confidences peu con-
venables à mon âge, et je me hâtai

de lui faire comprendre, qu'il était des secrets que je n'avais nulle envie de savoir. Que vous êtes simple, mon enfant ! me dit-elle ; croyez - vous qu'une femme de mon rang et de ma réputation, eût à rougir de quelques intrigues, et craignît qu'elles ne vinssent à la connaissance du public : loin d'en paraître moins aimable, j'en serais plus recherchée. Ma sagesse est un ridicule que toutes mes graces peuvent à peine me faire pardonner, et l'on dit communément de moi, ce que l'on disait d'une certaine duchesse qui passait pour n'avoir jamais aimé que son mari.

> Soyez sage, puisqu'il le faut,
> En le permettant, j'en enrage.
> Avec mille attraits en partage,
> On peut vous passer un défaut.

Ne croyez donc pas, ma chère, que j'aie rien à vous révéler dont une fille de votre âge doive avoir à rougir. Je suis sûre qu'en me montrant à vos yeux telle que la nature m'avait formée, je vais vous peindre trait pour trait. Ce n'est que sur mes vertus que je vous demande de la discrétion, puisque dans le siècle où nous sommes une femme doit rougir d'être raisonnable et estimable.

Un pareil discours excita ma curiosité. J'assurai Madame d'Ablencourt qu'elle pouvait compter sur mon silence. Je vous le demande, sur-tout, par rapport à votre oncle, me dit-elle, il est l'homme du monde dont je crains le plus l'estime. Vous saurez bientôt les raisons qui me font parler ainsi.

CHAPITRE VIII.

Histoire de Madame d'Ablencourt.

Je vais vous parler à cœur ouvert, ma chère Faustine ; un mouvement dont je ne suis pas la maîtresse, vous acquiert toute ma confiance. Je ne vous recommande point le secret ; vous comprendrez, par mon récit, de quelle conséquence il est pour moi.

Je suis née avec ce qu'on appelle le goût du vrai ; j'ai l'esprit juste, le cœur droit, sincère, tendre et constant : toutes ces qualités ont été perfectionnées chez moi par l'éducation, et j'en ai reçu une excellente. Une tante respectable a guidé mes premières années, et à quinze ans, ma chère, elle m'avait mise en état de penser comme vous. Avec toutes les bonnes qualités dont la nature m'avait douée, j'avais le péché originel du sexe, un grand desir de plaire. Cette disposition fut fortifiée par les maximes dangereuses que m'insinua une femme que ma tante avait mise auprès de moi, sans la connaître assez. Je n'avais eu de goût jusqu'alors que pour les lectures solides, et à quinze ans j'ignorais ce que c'était qu'un roman. Ma gouvernante qui aimait beaucoup cette lecture me fit entendre qu'on pouvait en tirer de grands fruits. Je lus par complaisance le premier volume du doyen de Killerine, et il ne me fut pas possible de m'arracher à cette lecture. Comme ma tante avait

une aversion décidée pour ces sortes
d'ouvrages, je lui cachai avec soin,
ce nouveau goût, et le desir de le satisfaire me mit dans la dépendance de
ma gouvernante. Je m'accoutumais
insensiblement à lui confier mes pensées, et ma tante perdit ma confiance.
Je ne m'apperçus de l'ascendant que
la Dorville avait sur moi que long-
temps après, et je fus prête vingt fois
à demander pardon à ma tante de
mon changement à son égard. Une
fausse honte me retint, et chaque
jour le mal devint plus incurable.
J'avouai à la Dorville que mon caractère et celui de Patrice, dans le doyen
de Killerine, étaient absolument
semblables : indifférente sur tout ce
que le monde estime, le bonheur d'ai-

mer et d'être aimée pouvait faire
toute ma félicité. La Dorville me
traita d'enfant; et me dit que les personnes
du sexe ne pouvaient être
heureuses par le cœur; plus le vôtre
est droit et sincère, me dit-elle, plus
il vous causera de tourmens. Il faut
autre chose que des vertus pour fixer
les hommes. Vous vous engagerez de
bonne foi, et avec votre amour, vous
ferez un volage qui vous laissera gémir
seule sous le poids des chaînes
qu'il aura brisées ; il est une autre
félicité que je puis vous procurer, si
vous êtes docile à mes conseils : il
s'agit d'être adorée de tous les hommes,
de les subjuguer, et de conserver
votre cœur libre ; il s'agit de con-

cilier cet empire despotique avec le soin de votre réputation.

Et le moyen de le faire, dis-je, à la Dorville : j'ai toujours méprisé souverainement les coquettes, et il me semble que vous m'exhortez à le devenir. Une femme qui n'est coquette qu'à demi, me répondit-elle, est souverainement méprisée. Il n'y a que l'excès qui justifie. Vous êtes aimable, vous avez de l'esprit, c'est plus qu'il n'en faut pour acquérir des grâces supérieures à la critique. Vous mettrez tous les hommes dans votre parti. Si quelques femmes veulent s'aviser de critiquer votre conduite, elles seront décidées jalouses : le plus grand nombre briguera l'honneur de vos bonnes graces; car si vous par-

venez au grand ton, les femmes n'au-
ront de mérite qu'à proportion que
vous les louerez. Vous voilà en âge
d'être mariée : gardez-vous bien d'é-
couter, en vous engageant, le penchant
de votre cœur , la tendresse que l'on
a pour un mari , asservit à bien des
faiblesses qui ne permettent pas de
prendre l'essor. Que votre entrée
dans le monde soit brillante : tout dépend du premier pas. Annoncez au
public que vous avez ce mérite supé-
rieur après lequel il court ; que nulle
femme ne soit à l'abri de votre critique , on vous croira exempte de tous
les ridicules dont vous accuserez les
autres. Parlez beaucoup, parlez haut,
parlez sans suite. Décidez à tort et à
travers. Que personne n'égale l'in-

considération de vos démarches. Vous
aurez bientôt une cour nombreuse ;
ne devez votre nom qu'à vous , et
gardez-vous bien de vous faire prôner
par quelques hommes à la mode , il
faudrait payer leurs peines , ou passer
pour les avoir payées. Vous ne seriez
que la copie de cent femmes qui ont
pris la même route , et je veux que
vous soyez originale. Prenez à tâche
le petit maître le plus accrédité ; et
n'oubliez rien pour le couler à fond. Il
est peu d'hommes assez éminemment
ridicule pour ne point craindre d'être
démasqué. Que votre indifférence ne
soit pas assez totalement décidée pour
rebuter vos amans ; mais que les
espérances que vous leur donnerez
soient aussitôt évanouies que conçues,

Plus vous les tourmenterez, plus ils
deviendront soumis; que votre caractère soit impénétrable, et soyez,
à votre gré, vive, tendre, égale,
capricieuse; sur-tout ayez de l'humeur, et qu'au milieu de la partie la
plus gaie, on aie à redouter un caprice qui dérange tout.

Mon dieu! m'écriai-je, que le portrait
que vous venez de me tracer me paraît haïssable et méprisable! comment
une femme telle que vous me conseiller de devenir, peut-elle être souf-
ferte dans la société? Je vous le répète,
me dit la Dorville; il faut se prêter
aux vices des hommes, et leur plaire
à leur fantaisie. L'expérience nous
montre qu'on n'y peut parvenir que
par la route que je vous indique.

Ces leçons quelques repétées qu'elles fussent, ne firent aucune impression sur moi ; je souffrais même impatiemment les discours de cette femme; et des affaires qu'elle avait en province l'ayant éloigné de moi, je fus charmée d'en être défaite, avec d'autant plus de raisons que je commençais à ressentir les premières impressions de l'amour dont elle s'était déclarée l'ennemie. Je ne vous ferai point le détail de ce qui se passa pendant que le marquis de*** partagea ma flamme. Son cœur était aussi neuf que le mien; la vertu, la probité en réglaient tous les mouvemens. Ses biens n'é-
taient pas considérables, c'était un ca-
de[...] de l'héritière, mais je
[...] son de ma tante;

elle aimait le marquis, et n'attendait que
l'arrivée de son père pour lui déclarer le
dessein qu'elle avait de nous unir. En
attendant, il était de toutes nos parties,
et chaque jour il me devenait plus cher.
Nous nous trouvâmes à St.-Cloud,
avec Mad. R.... : c'était une femme
qui frisait la cinquantaine, mais qui
paraissait à peine vingt-huit ans; elle
avait, disait-on, mis à la mode tout ce
qu'il y avait de jeunes gens un peu
agréable dans Paris. Le marquis lui
plut, et elle le lui fit connaître sans aucun ménagement. Une rivale de cette
espèce m'alarma peu, et j'étais la première à badiner avec mon amant, de ces
agaceries. Que vous dirais je, ma chère?
cette femme, qu'il trouvait si méprisable, et qui l'était véritablement, le

subjuga, et sans cesser de la mépriser,
il devint son esclave ; naturellement
fière , je ne laissai rien paraître de
mon désespoir ; mais que je payais
cher cette contrainte. Heureusement
pour moi, la Dorville revint à Paris, et
me soutint contre le désespoir, et pro-
fitant des maux dont je souffrais, elle
me fit convenir de la vérité des maximes qu'elles m'avait débité tant de fois.
Pour être heureuse il faut être aimée
sans aimer; il faut autre chose que
des vertus pour fixer les hommes. Un
riche parti se présenta dans ce temps;
la plaie que m'avait faite l'infidélité de
mon amant saignait encore , tout le
monde était attentif à mes démarches;
ma rivale espérait que ma constance
pour un volage augmenterait son

triomphe; je trompai son attente. Je
promis ma main d'un air si dégagé
que le Marquis me crut guérie. Il n'en
fallut pas d'avantage pour le ramener à mes pieds, tendre et soumis. Sans
la Dorville, je me serais peut-être
exposée à un nouvel outrage; mais
fidèle à ses conseils, je ne m'adoucis
qu'autant qu'il le fallait pour assurer
ma vengeance. J'exigeai de mon futur
époux que les préparatifs se fissent se-
crètement, et la veille de ce grand jour,
mon amant à qui j'avais demandé
un sacrifice public de Mad. de R...
la conduisît à l'opéra, je n'y arrivai
que lorsqu'il fut commencé et j'y
parus toute brillante, et sans aucun
cavalier. Le marquis ne m'eut pas
plutôt apperçue que sans aucun mé-

9

nagement pour ma rivale, il la quitta
et vint me joindre. A ce moment nous
fixames les yeux de toute l'assem-
blée; vingt lorgnettes furent braquées
contre Mad. de R...., qui, absolument
décontenancée, ne put malgré toute
son effronterie soutenir la vue du
Marquis, qui reprenait aussi publi-
quement mes chaînes; elle se retira
et je demeurai triomphante. Je priai
le Marquis de me ramener, et je lui as-
sociai un petit maître, qu'il avait
coulé à fond, et qui, par conséquent
était son ennemi. Quel fut leur surprise! le carosse arrête à la porte de
St.-Eustache, et je demande à mes
deux guides, s'il ne veulent pas me
faire l'honneur d'assister à mon mariage qu'on allait célébrer. Le marquis

confondu, se retire; son ennemi me
présente la main, et au sortir de l'E-
glise, court dans vingt maisons diffé-
rentes, y compte mon histoire, l'em-
bellit de toutes les couleurs propres
à humilier le marquis; ce coup d'é-
clat commença ma réputation; on crut
pouvoir tout attendre d'une femme de
mon espèce; je ne trompai point
l'attente publique, et au bout de six
mois je me vis au-dessus de toutes les
femmes du bon ton. Mon veuvage n'a
rien changé à mon genre de vie, qui
m'est devenu d'autant plus cher, qu'il
me rassure contre les surprises de
mon cœur. S'il se trouvait parmi ceux
qui me font la cour, quelqu'un assez
estimable pour le toucher, je suis sûre
qu'il apporterait toute son attention

à me cacher ses bonnes qualités,
dans la crainte de me paraître ridicule; tout ce qui m'environne ne
peut donc rien contre ma tranquillité,
la vie bruyante que je mène étourdit
ma raison , en empêche les retours,
et me sauve parconséquent des re-
mords. Il faut pourtant vous avouer
tout. Je me trouve depuis quelques
temps en danger d'une rechûte , il
s'est trouvé un homme assez raisonnable pour m'aimer sans partager mes
manies qu'il croit naturelles ; je re-
double d'extravagance pour le rebuter, rien ne l'éloigne, que deviendrais-
je , s'il pouvait soupçonner combien
mes manières répugnent à ma façon de
penser, s'il pouvait savoir ce qu'il
m'en a coûté pour me prêter au per-

sonnage que je joue ? Je serais perdue,
ma chère ; je l'aimerais, je n'en puis
douter ; il m'arracherait au délire qui
me possède , il me rendrait à la raison , et m'apprendrait à rougir de
ma conduite. J'en frémis, et voilà
ce qui m'engage à vous demander le secret ; que votre oncle ne me
voye jamais qu'à travers du masque
que j'ai pris ; exagérez-lui les défauts
de mon caractère , peignez-lui l'extravagance de ma conduite, et tâchez
de lui persuader que le déréglement
de ma raison est incurable.

CHAPITRE IX.

Le Palais marchand, les Rubans,
le Libraire.

J'ALLAIS témoigner à Madame d'A-
blencourt toute la surprise que me
causait son extravagante façon de
penser ; mais elle me conjura, en
m'embrassant, de lui faire grace de
mes réflexions ; je les crains presque
autant, me dit-elle, que la tendresse
de votre oncle. Puis se levant tout
d'un coup, elle fut à son clavecin,
commença une chanson nouvelle
qu'elle n'acheva pas, appela sa
femme-de-chambre pour lui demander l'heure qu'il était, quoi qu'elle
eût une montre sur sa cheminéé ; ou-

vrit quelques livres qu'elle avait sur
sa table et les referma aussitôt. Je la
regardais avec des yeux où la compassion la plus vive était peinte. Pauvre esclave ! me disais-je tout bas ; tu
veux vainement me vanter tes chaînes, leurs poids t'accable, et l'ennui
que produit nécessairement l'inutilité
de la vie, te rend insupportable à
toi-même. Ces pensées me donnèrent
un air triste, que Madame d'Ablencourt remarqua. Mon humeur est
contagieuse, s'écria-t-elle ; je vous la
communique ; sortons, ma chère,
je me reproche l'ennui que vous
éprouvez à présent ; et sans me donner le temps de lui répondre, elle
sonne, commande qu'on mette les
chevaux à son vis-à-vis, rajuste sa

coêffure et me donne la main pour
sortir ; la pétulance de cette femme
m'étourdit et me fatigue ; cependant
elle possède un charme secret qui
m'attache à elle. Où faut-il aller,
Madame, lui demanda le laquais qui
ouvrit la portière? Où tu voudras,
lui dit-elle; au cours ?.... Non, allons
au palais. Je vous croyais quelques
affaires, lui dis - je ; cependant je
m'apperçois que vous sortez seulement pour sortir. C'est encore, me
dit-elle, un des articles du répertoire
d'une femme du bon ton ; elle ne doit
jamais avoir de motif dans ce qu'elle
fait, et sur-tout préférer à la partie
la mieux arrangée une partie de fantaisie à laquelle personne n'avait droit
de s'attendre. Un divertissement pré-

vu perd son sel ; on a compté tous les
plaisirs qu'il doit procurer, et par
cette raison il n'a plus rien de nouveau. Tout surprend, au contraire,
dans une partie de fantaisie ; le trou-
ble qui l'accompagne ne laisse pas un
moment pour prévoir, on a que celui
de goûter. Nous étions à la porte du
palais ; elle n'eut pas le temps d'a-
chever son discours. Ce mot de palais avait présenté à mon esprit l'idée
de la maison d'un prince ; quelle fût
ma surprise, après avoir monté un
grand escalier, de me trouver dans
une grande rue couverte, remplie de
boutiques, à peine nous eut-on ap-
perçues que toutes les marchandes
élevèrent leurs voix. L'on criait d'un
côté : des bonnets à la mode, des

mantelets du dernier goût, des rubans : Mesdames, entrez chez-nous ;
à droite, on criait des bonnets au rhi-
nocéros, des cornettes, l'oiseau royal,
des coêffures au Jubilé ; à gauche des
évantails en pet en-l'air , de jolies
tabatières, du rouge, des mouches,
des chapeaux à l'anglaise. Mon premier mouvement fut de me boucher
les oreilles ; j'avais peur de devenir
sourde. Ensuite j'eus compassion de
ces pauvres créatures qui se mettaient
hors d'haleine pour nous offrir leur
marchandises, et j'essayai de les faire
taire en leur disant : je vous remercie,
nous n'avons besoin de rien , et autres choses semblables, que j'accompagnais de révérences à droite et à
gauche ; car c'était, ce me semble,

la moindre chose que je pusse faire
pour payer la politesse de ces marchandes ; mais comme elles ne ces-
saient de nous offrir , je me trouvais
dans la nécessité de faire une révérence à chaque pas , ce qui leur parut
singulier apparemment , car elles se
mirent à rire toutes. Madame d'Ablencourt , toute honteuse , entra dans
une boutique , sous prétexte d'acheter
du ruban ; mais , en effet , pour me
dire de ne faire aucune attention aux
cris de ces femmes. A peine eut-elle
ouvert la bouche pour demander des
rubans, que dix filles furent en l'air,
et une grande table couverte de ti-
roirs où il y en avait de toutes les sortes ; on avait annoncé que c'était pour
moi ; elles approchent une pièce de ma

tête , vantent l'effet de cette couleur
auprès de ma peau , me louent, chemin faisant, sur mes yeux , sur ma
taille , et continuent de parler avec
une volubilité inconcevable. Quelle
poitrine ! Madame d'Ablencourt prit
une aune de ruban , je devins rouge
comme du feu , et ne pouvait conce-
voir comment ses femmes ne nous
accablaient pas d'injures pour leur
avoir fait déployer une centaine de
pièces pour une aune que nous pre-
nions ; au contraire, elles nous firent
mille remerciemens. Je voulus réparer la faute de Madame d'Ablencourt,
et lui dis que je voulais aussi faire
mes emplettes. Je choisis quelques
pièces ; on vanta mon discernement;
la duchesse celle-ci, la marquise

celle-là, femmes d'un goût exquis, en avaient pris de pareilles. Ma conductrice ne disait mot, et me laissait choisir. Je demandai le prix, et n'eus garde de marchander avec des personnes si honnêtes, si obligeantes ; ainsi je donnai tout ce qu'on voulut.

Nous entrâmes ensuite dans une grande salle pleine de gens habillés comme le bailli de notre village ; ils se promenaient avec suffisance , et parlaient d'un air gracieux à plusieurs personnes qui leur présentaient des sacs ; il y en avait un dans une petite baraque qui pouvait à peine répondre à tous ceux qui s'adressaient à lui; ce qu'il faisait d'un air grave et composé , quoiqu'il parlât à des personnes dont les habits étaient couverts

d'or. Comme Madame d'Ablencourt
m'avait dit que nous étions dans l'endroit où on juge les procès , je crus
d'abord que cet homme était le premier président ; mais j'en fus désabusée par le discours d'un officier auquel il venait de répondre avec beaucoup de hauteur , et qui n'avait pas
laissé de le saluer d'une manière
riante. Le maroufle , dit cet officier,
sitôt qu'il lui eût tourné le dos , faut-
il que la fortune oblige des gens d'honneur à ramper si indignement ? Mais
il faut prendre patience , c'est le se-
crétaire de mon rapporteur , et ce
bourreau indisposerait son maître
contre moi , si je ne souffrais sa
morgue.

Je vis aussi quantité de jeunes garçons avec des cheveux qui tombaient jusqu'aux reins ; ils parlaient d'une nouvelle pièce qu'on devait jouer le soir. Quelle fut ma surprise d'apprendre que ces enfans étaient des gens qu'on nomme conseillers, présidens, et qu'ils allaient, dans la minute, décider de la vie d'un homme, sans doute aussi gaillardement qu'ils faisaient d'une comédie. J'aurais voulu les écouter plus long-temps ; mais il sortait de leur corps un mélange d'odeurs qui faillit me faire tomber en faiblesse. Est-ce encore la mode qui engage à se farcir de ces drogues, où ces gens veulent ils déguiser quelques mauvaises odeurs qu'ils ont naturellement ?

Madame d'Ablencourt s'approcha

de la boutique d'un libraire , car il y
en a beaucoup dans ces salles. N'avez-
vous rien de nouveau, lui dit-elle?
J'ai les Lettres Péruviennes, répon-
dit-il ; vous n'y pensez pas Monsieur ; cela est vieux, je l'ai depuis
trois jours; d'ailleurs cela est d'un
fade à mourir. Voici un nouveau
roman qui sort aujourd'hui de dessous la presse , lui dit d'un air mys-
térieux le libraire ; mais il se vend
sous le manteau , et il est difficile d'en
avoir, aussi je ne puis le donner à
moins d'un demi louis. C'est bien
cher , Monsieur , dit Madame d'A-
blencourt. Il le sera bien davantage
dans quelques jours , lui dit le libraire : l'auteur espère que son ouvrage sera brûlé cette semaine par la

main du bourreau. A ces mots, Madame d'Ablencourt paie le livre, et le cache. Est-ce que cet homme est fou, lui dis-je, de se servir de cette expression : l'auteur espère que son livre sera brûlé cette semaine par la main du bourreau. Un honnête homme pourra-t-il survivre à un affront de cette nature ? Sa fortune est faite, me dit Madame d'Ablencourt, en reprenant le chemin des cours, où son carrosse nous attendait. Son livre fut-il détestable, il sera vendu au poids de l'or, et sa réputation est faite pour toute sa vie ; c'est la défense qui en fera le mérite ; au reste il faut avoir ces sortes de livres pour se mettre sur le bon ton, en savoir le titre, en avoir parcouru la préface, afin de

10

pouvoir le louer ou le blâmer : comment ! lui dis-je toute surprise , on décide d'un livre sur la préface? Sans doute , me dit-elle ; le titre même suffit à la rigueur. On sait qu'un auteur n'a pas pu faire un bon ouvrage sur un tel sujet. Ces Lettres Péruviennes, par exemple ; j'ai parcouru l'exorde : ce sont des lettres tendres ; cela doit être mausade chez une nation qui n'a nulle notion du goût, de la délicatesse ; on nous promet , dit-on, la belle nature. Oh ! la belle nature est une sotte si elle n'est pas secondée par l'art. Et pensez-vous sérieusement ce que vous dites, Madame? ai-je dit à mon extravagante, en la regardant fixement. Quelle question, ma chère! m'a-t-elle répondue

en rougissant, (on pouvait s'en ap-
perçevoir, car elle n'avait que du
rouge du matin, qui est fort pâle).
Quand il serait vrai que je pensasse
autrement, pourrai-je le laisser sentir ? Ah! Madame, lui dis-je, quel
supplice de n'agir jamais que pour
autrui, d'être fausse par habitude, ridicule par état, folle sans motif.
Pardonnez-moi ces expressions, j'é-
touffe, et je ne saurais voir sans une
vive douleur ce qu'il vous en coûte
pour gâter les bonnes qualités que
vous avez reçues du ciel. Que ne
pouvez-vous avoir mes yeux et
ceux de toutes les personnes sensées,
vous rougiriez du ridicule person-
nage auquel vous vous prêtez.

CHAPITRE X.

Enfans trouvés.-Parrain, Marraine.

LA vivacité de mes reproches étonna Madame d'Ablencourt. Mais, ma chère, m'a-t-elle dit, vous me trouvez donc bien ridicule, bien extravagante? Au-delà de tout ce que je puis dire, lui ai-je répondu ; mais, avec tout cela, Madame, je vous trouve la plus aimable des femmes : je suis vraiment fâchée de vous trouver telle ; de grace réconciliez mon cœur et ma raison sur votre chapitre ; faites que je vous aime ou vous méprise tout à mon aise. Vous êtes tr op aimable, vous même, ma chère enfant, m'a-t-elle dit en m'embrassant;

comment donc! vous êtes éloquente,
peu s'en faut que vous ne me sédui-
siez; mais, ma chère, si malgré toute
votre raison vous ne pouvez vous
empêcher de me trouver aimable,
combien dois-je le paraître davantage
aux yeux de ces hommes frivoles
qu'on pourrait placer, avec justice,
au nombre de ces automates qui jouis-
sent en apparence des privilèges de
l'homme dont ils sont la copie; mais
qui n'agissent qu'autant qu'on les
montent. Et c'est à de pareilles gens
que vous vous êtes flattée de plaire,
lui ai-je répliqué : je vous avoue,
Madame, que leur estime m'humi-
lierait beaucoup, et que je me croi-
rais fort méprisable si j'avais le malheur de leur plaire. Courage, ma pe-

tite philosophe , m'a dit , en m'embrassant de nouveau, Madame d'A-
blencourt ; mais en voilà assez pour
cette fois. Où voulez-vous que je vous
mène ? le carrosse passait , dans le
moment , devant une belle maison :
il y avait sur la porte une fille singu-
lièrement mise ; ses habits étaient
faits de l'étoffe la plus grossière , mais
leur propreté et la blancheur de son
linge faisaient plaisir à voir. Qui veut
être marraine, disait-elle aux passans?
qui veut être parrain? Un jeune homme
très - bien mis , et suivi d'un de ses
amis , parlait à cette fille ; et
nous ayant regardées , il lui dit: Je
serai volontiers parrain si vous voulez
engager une de ces deux dames à être
ma commère. Madame d'Ablencourt

l'ayant entendu, mit la tête à la portière, et reconnut cet homme pour
l'avoir vu dans quelques maisons où
on l'estimait beaucoup. Nous serons
de moitié dans cette bonne œuvre ,
lui dit-elle; et j'espère que ma bonne
amie voudra bien dégager la parole
que je vous donne. J'étais devenue
toute honteuse ; mais comme ce beau
Monsieur paraissait aussi timide que
moi , cela me rassura un peu. Je demandai à Madame d'Ablencourt de
quoi il était question. Cette maison,
me dit-elle , est destinée à recevoir les
enfans abandonnés de leurs pères et
mères. On vient d'en apporter un,
sans doute , et cette bonne fille, qui
s'est consacrée par esprit de religion,
à l'éducation de ces petits infortunés,

sollicite les passans à vouloir le présenter au baptême. Quoi ! Madame,
lui dis-je , toute surprise, se trouvet-il des parens assez malheureux pour
abandonner leurs enfans ; on ne connaît point de telles horreurs dans nos
solitudes. Nous descendions de carrosse pendant que je parlais ainsi ;
Mademoiselle serait donc bien surprise , dit la fille qui était sur la porte
et qu'on nomme sœur de charité ; ;
elle savait combien on a trouvé d'enfans exposés cette nuit : et combien,
dit mon futur compère ? Vingt-
deux , répondit la sœur ; les rues
de notre quartier en étaient pavées.
Comment, lui dis-je, les larmes aux
yeux, on met ces pauvres enfans
dans la rue ? Oui, mademoiselle,

li ; elle ; ils y périssaient autrefois sans
cours, parce qu'il fallait avertir le
missaire du quartier avant de les
cher, sinon, ceux qui les rele-
aient en étaient chargés ; mais on a
gement remédié à cet abus, le pre-
nier venu a droit de ramasser un enfant, et sans aucune formalité peut
nous l'apporter : quantité de mères
profitent de ce privilège, et plutôt
d'exposer leurs enfans à être écra-
sés, nous les apportent elles-mêmes.
on les reçoit sans leur faire aucune
question ; et on se contente de dres-
ser un procès-verbal de l'heure et du
lieu où on a trouvé l'enfant, pour
pouvoir, par la suite, le rendre à
ceux qui viennent le réclamer. Mes
larmes coulaient abondamment pen-

11

dant ce récit. O la belle institution,
m'écriai-je ! permettez que je vous
embrasse, ma chère sœur ; je me sens
un respect infini pour celles qui,
comme vous, se consacrent à la charité publique. Et moi, dit le jeune
homme, dont l'attendrissement éga-
lait le mien, je respecte dans une personne de votre âge, un cœur si tendre
et si compatissant. Je crois, dit Madame d'Ablencourt, que je vais me
mettre de la partie ; mes larmes cou-
lent malgré moi, et de ma vie je n'ai
senti mon cœur si ému. N'en rougis-
sez pas, Madame, lui dit le jeune
homme, j'avais connu, en vous écou-
tant dans les lieux où j'ai eu l'honneur
de vous voir, toute l'étendue de votre
esprit ; vous aviez attiré mon admi-

ration ; à ce moment vous excitez mon estime, par les qualités de votre cœur ; et pour vous parler avec la franchise d'un homme de ma nation, je ne vous aurais pas soupçonnée jusqu'à ce moment d'avoir un si bon cœur : la société y perdrait infiniment, car je n'ai rien vu de si aimable que vous. C'est une conspiration, dit Madame d'Ablencourt, en me regardant, assurément, Monsieur, vous avez pris des leçons de cette chère petite, et si vous continuez, je ne sais si vous ne parviendrez pas à me convertir. Ce discours était une énigme pour le jeune homme, mais il me donna une joie infinie, et je conçus, pour mon compère, une véritable amitié, dans l'espérance qu'il m'aide-

rait à ramener cette aimable femme
à la raison. Nous entrâmes dans l'é-
glise, et on baptisa l'enfant ; après
quoi l'on nous fit visiter toute la mai.
son. Nous parcourûmes une salle où
il y avait bien deux cents berceaux
remplis d'enfans nouveaux-nés. Rien
de plus propre que léur ajustement :
une douzaine de femmes leur don-
naient à têter , et les caressaient,
comme si ces enfans leur apparte-
naient ; je me resouvins alors de ces
paroles de l'Ecriture : Mon père et ma
mère m'ont abandonné , mais le Seigneur m'a pris sous sa protection : il
est doublement le père de ces petites
créatures. Nous passâmes ensuite dans
une autre salle où étaient les enfans
malades. Ah ! qu'ils me firent de

peine ! Il y en avait à l'agonie, d'autres couverts de lèpre ; et madame
d'Ablencourt fut obligée de sortir,
ne pouvant soutenir leur vue. Nous
reçûmes mille bénédictions des sœurs,
parce que nous donnâmes une au-
mône considérable ; je leur promis
de les revenir voir, et ayant tiré en
particulier celle qui nous avait arrê-
tée, je la priai de recevoir un louis,
pour procurer à ma filleule ses petits
besoins. Comme nous allions sortir,
j'apperçus une dame qui me regardait
fixement, et l'ayant reconnue pour
celle avec laquelle je m'étais trouvée
dans le bateau d'Auxerre, je fus me
jeter à son cou, et je la fis connaître
à Madame d'Ablencourt. Elle me fit
mille reproches de ne l'avoir pas eu-

core été voir, et m'ayant répété son adresse, Madame d'Ablencourt me dit qu'elle demeurait près d'elle, et parut être fâchée de n'avoir qu'un vis-à-vis, parce qu'elle aurait été charmée de la ramener. Mon carrosse n'est qu'à vingt pas, lui dit mon compère; souffrez, Mademoiselle, que je vous remette chez vous. On a accepté sa proposition, et j'en ai été charmée. Je serai bien aise de connaître plus particulièrement ce jeune homme; c'est le seul être raisonnable de son espèce que j'aie trouvé à Paris. Pendant le chemin, la dame que j'ai retrouvée, nous dit qu'elle venait de réclamer une fille de sept ans : il lui en a coûté un demi louis pour faire ouvrir les registres, et savoir si cet en-

fant est vivante. Quel monopole ! a-
t-elle dit ; encore si on m'avait dit où
elle est ; mais il faut que j'attende
huit jours avant de savoir comment
se porte cet enfant : elle est vivante,
voilà tout ce que je sais. Rien de plus
louable que cette institution, dit à son
tour le jeune homme, et l'on en tire-
rait de grands fruits si des personnes
éclairées et zélées voulaient et pouvaient y établir un ordre convenable;
mais par le peu que j'en ai vu, je
suppose qu'il s'en faut de beaucoup
que les secours qu'on accorde à ces
malheureux enfans soient bien admi-
nistrés : par exemple, il n'est pas possible que dans le grand nombre de ces
infortunés, il ne s'en trouve plusieurs
qui, victime des mauvaises mœurs de

leurs parens, n'apportent au monde
des maladies contagieuses et dangereuses : en leur donnant des nourrices bannales, pendant le peu de tems
qu'ils restent dans cette maison, ils
leur communiquent le venin qu'ils
ont apporté au monde ; et ces nourrices empoisonnent ensuite une multitude d'enfans qui demeurent toute
leur vie accablés de maux incura-
bles ; s'il n'est pas possible de multi-
plier les nourrices, on devrait prévenir ce mal, en donnant du lait de
chèvre à ces enfans, jusqu'à ce qu'on
les envoie à la campagne. J'avais déjà
fait cette réflexion, dit Madame d'A-
blencourt, et je soupçonne, comme
vous, qu'il se commet de grandes
fautes dans la nourriture et dans l'é-

ducation de ces pauvres enfans. Ma compagne de voyage avait annoncé qu'elle devait y retourner dans la huitaine ; nous fîmes la partie d'y retourner avec elle ; il était tard, on me fit reconduire chez ma grand'mère , et je promis à Madame d'Ablencourt de la revoir le lendemain.

CHAPITRE XI.

La belle Provençale.

J'étais bien déterminée à garder les secrets de Madame d'Ablencourt, mais la pitié que m'inspire la situation de mon oncle, m'a rendue indiscrète. Il m'est venu trouver dans ma chambre, m'a fait mille questions sur cette dame. Oh ! certainement, il en est amoureux ; j'en juge par la joie que lui a causé la connaissance de ses dispositions pour lui. Il m'a embrassée plus de vingt fois, m'a conjurée de la voir tous les jours, et de lui rendre compte de tout ce qu'elle me dirait ; je lui ai promis. Lorsque je me suis trouvée seule dans ma cham-

bre, j'ai voulu prendre un livre, selon ma coutume; mais je n'ai pu lire
trois lignes de suite. Tout ce que j'ai
vu aujourd'hui me repasse dans l'esprit; je vais me coucher, je me leve-
rai plus matin, et sans doute qu'alors
je serai en état de continuer ma lecture.

Il ne m'a pas été possible de fermer
les yeux la nuit dernière : elle m'a
parue d'une longueur effroyable. Mon
amitié pour Madame d'Ablencourt
devient une vraie passion, sur-tout
depuis que j'ai lieu d'espérer de lui
faire abjurer sa folie; mon compère
m'aidera sans doute; ce jeune homme
me paraît bien estimable, et je ne
m'ennuierais pas à Paris si je pouvais
n'avoir de société qu'avec ceux qui

lui ressemblent. J'ai fait lever ma
femme-de-chambre de bonne heure ;
je sens qu'il faut accorder quelque
chose à l'usage, et je vais faire ma
cour à mon amie en négligeant moins
mon ajustement ; il pourrait y avoir
de l'orgueil dans ma singularité ; c'est
encore à mon compère à qui je dois
cette façon de penser ; lui, qui me paraît si raisonnable, est mis comme le
reste du monde ; mais qui peut me
donner de telles pensées? Je crois que
l'air de Paris est contagieux, et il m'y
arrive mille choses qui me surpren-
nent : par exemple, je me suis regardée avec complaisance aujourd'hui ;
je m'accoutume à cet attirail d'ajuste-
mens qui me paraissait si ridicule : il
relève ma beauté. Ma beauté ! j'igno-

rais, il y a deux jours, que je fusse
belle ; on avait beau me le répéter,
cela ne me causait aucune émotion,
j'y réfléchissais si peu, que mes charmes étaient comme non-existans à mon
égard : que veux dire ce changement?
Autre symptôme qui me surprend ;
j'ai eu de l'humeur, du caprice ; tout
m'ennuyait ce matin, et Madame d'A-
blencourt s'en est apperçue. Je ne
puis attribuer cela, qu'à la répugnance
que je me sens à la vue d'un tas d'ori-
ginaux qui obsèdent mon amie. Oui,
sans doute, j'ai deviné, car mon ennui a disparu lorsqu'on a annoncé
mon compère, qui se nomme le
comte de Ziremberg. On lui a proposé de jouer, mais il n'a pu être
d'aucune partie, car il ne connaît pas

même les cartes. Heureusement,
Madame d'Ablencourt n'aime pas le
jeu, et l'on a conclu pour la conversation. Un jeune étourdi a compli-
menté le comte sur la conquête d'une
dame capable de le rendre célèbre.
C'est, sans doute, une femme qu'il
doit épouser, me suis-je dit à moi-
même; mais, tout de suite, j'ai compris que cette femme avait un mari,
et qu'outre cela elle avait eu quantité
d'amans. Oh! la vilaine créature,
comment un honnête garçon vou-
drait-il parler seulement à une telle
femme? Je pensais ainsi au commencement de la conversation; mais je
vois que mes idées sur cet article pa-
raîtraient bien ridicules. La mode in-
flue sur les mœurs comme sur les ha-

bits; or, la mode d'être honnête femme
est passée à Paris, autant que j'en puis
juger, car ces Messieurs ont nommé
quantité de dames, et il n'y en a pas
une qui n'ait eu plusieurs avantures.
Mais ce qui m'a convaincue que je
pensais juste sur cet article, c'est qu'à
la promenade, nous n'avons pas vu
une seule femme, dont on n'ait nommé l'amant. Ce qui m'étonne, c'est
que ces femmes loin de rougir de cette
conduite, se font gloire de leur désordre, et que souvent elles affichent
leurs intrigues. Dans notre village
une fille peut avoir un amant qui
cherche à devenir son mari ; mais
quand elle est mariée on la montre-
rait au doigt, si elle était capable d'aimer un autre homme que son mari.

On s'est moqué de moi quand j'ai dit
que c'était la mode de chez nous , et on
m'a demandé si je serais assez simple
d'aimer un mari quand je l'aurais. La
belle question ! ai-je répondu ; je ne
le prendrai que pour cela. Mes ré-
ponses excitent ordinairement de
grands éclats de rire : celle-là a produit le même effet.

Il n'est pas possible de penser à
Paris deux heures de suite la même
chose. Je croyais, tout-à-l'heure, que
toutes les femmes étaient malhon-
nêtes. Je crois, actuellement, qu'elles
ne sont que calomniées. Avez-vous
vu la belle provençale, a demandé un
de ces Messieurs à un autre ; depuis
huit jours qu'elle est à Paris, il n'est
bruit que de ses charmes, et je cours

tous les spectacles et toutes les pro-
menades, pour juger par moi-même,
de leur réalité. Je suis plus heureux
que vous, lui a-t-on répondu, et je
la connais très-intimement; elle est
adorable, elle compte sur ses charmes
pour l'établissement de sa fortune, et
en attendant, consulte son cœur sur
le choix d'un amant ! Mon heureuse
étoile m'a procuré sa connaissance en
arrivant, et je ne suis pas en danger
de mourir d'inanition pour ses beaux
yeux. Madame d'Ablencourt a paru
douter de cette avanture; celui qui
s'en disait le héros l'a particularisée
de manière à nous convaincre de sa
réalité. Que cette fille est à plaindre !
me disais-je à moi-même : en quelles
mains a-t-elle placé sa confiance ?

12

Nous étions alors assis dans une allée
du Palais-Royal , et la nuit ne per-
mettait pas de discerner les objets.
Pendant que je m'amusais à plaindre
la fille , qu'on déchirait si impitoya-
blement , elle ne s'occupait que du
désir de se venger. Le hasard l'avait
placée à côté de nous , et elle avait
entendu les beaux discours qui se te-
naient sur son compte. Elle trouva
bientôt l'occasion de punir le fat qui
osait la calomnier. Quelques éclairs
effrayèrent Madame d'Ablencourt ;
elle se leva, et un coup de tonnerre lui
fit prendre le chemin d'un café qui
n'était qu'à dix pas de là. La provençale nous y suivit, et sa beauté nous
frappa aussitôt que nous eûmes de la
lumière ; elle s'adressa à celui qui se

vantait de ses faveurs, et son accent
nous la fit connaître d'abord pour ce
qu'elle était. Les femmes de son pays
sont vives : elle débuta par demander
à notre homme pourquoi il était assez
malhonnête pour laisser seule une
femme avec laquelle il vivait dans la
plus grande intimité ? Que vous en
semble, Mesdames, nous dit-elle,
suis-je donc de figure à être délaissée
au bout de huit jours ? Quelque ef-
fronté que fut cet homme, il n'y put
tenir ; il lui faisait des révérences,
bégayait quelques mots qu'il n'ache-
vait pas ; je n'ai jamais vu une figure
si décontenancée. Nos éclats de rire
l'achevèrent ; mais cette confusion
parut une punition trop légère à la
provençale ; elle s'approcha de lui, et

l'ayant pris par le bras, lui donna deux soufflets, dont il portera les marques assurément; puis lui faisant une révérence : Vous pouvez vous vanter actuellemeut de me connaître, lui dit-elle ; je me flatte même, que vous conserverez quelque temps mon souvenir. Tout ceci s'était passé en moins de temps que je n'en ai mis à écrire; tout le monde s'assembla autour de nous, et la provençale, sans paraître émue, nous salua, et fut rejoindre sa compagnie. Le fat qu'elle avait si bien souffletté s'éclipsa aussi, et comme la foule s'augmentait, nous sortîmes par un de ces petits escaliers qui donnent dans le jardin et dans les maisons voisines. On se rassembla chez Madame d'Ablencourt, et j'ap-

pris avec horreur, qu'un petit maître se croit en droit de déchirer les
personnes du sexe, et qu'il n'est pas
possible d'échapper à ses calomnies.
Mais on remarquait, en même temps,
que l'excès du mal produisait le remède. On compte si peu sur ce que
dise de telles gens, qu'on a peine à
croire leurs avantures les plus réelles,
et qu'on n'y ajoute foi, que sur la
mauvaise conduite de celles qu'ils ca-
lomnient.

Mon oncle est venu passer la soirée
chez madame d'Ablencourt: on y a
médit de tout le genre humain ; ce qui
me surprend, c'est qu'on déchire
sans pitié, des personnes avec qui on
paraît amies tant qu'elles sont pré-
sentes ; on trouve le secret de les tour-

ner en ridicule, et celui qui possède ce
dangereux talent au plus haut degré,
paraît le plus estimé ; madame d'A-
blencourt est, sur ce point, au-dessus
du médiocre : cela me refroidit pour
elle ; il faut qu'elle ait le cœur mé-
chant. D'ailleurs, je ne dois pas espérer d'être mieux traitée que les autres ; j'aurai mon tour au premier
jour, les gens de ce caractère n'ont
point d'amis qu'ils ne sacrifient au
desir de placer un bon mot. Ah! ma
chère solitude, quand vous rever-
rai-je! Combien les mœurs simples
de mes compagnes me rendent
méprisables la dissimulation, la
malignité, la puérilité de ceux avec
lesquels je me vois condamnée à passer ma vie!

CHAPITRE XII.

Visite dans les Hôpitaux.

LA dame, que nous avons rencontré aux Enfans - Trouvés , est venue , comme elle l'avait promis , **nous** prendre chez Madame d'Ablencourt , où mon compère n'a pas manqué de se trouver. Cette dame se nomme Maurissot ; et en chemin, elle nous a dit que l'enfant qu'elle réclame , appartient à la meilleure de ses amies. Cet enfant , née d'un mariage secret, n'a plus de père, le sien étant mort quelques heures après sa naissance , ce qui n'a pas permis à la mère de déclarer son mariage , et l'a forcée, malgré sa tendresse pour sa

malheureuse fille, de la faire porter
aux Enfans-Trouvés. Cette pauvre
mère, dont la fortune est médiocre,
a été forcée, presqu'aussitôt après son
veuvage, de passer en Allemagne !
Mais une grande maladie l'ayant réduite à l'extrémité, elle a écri à son
amie pour la conjurer de se charger
de cette pauvre orpheline. Madame
Maurissot brûle du desir d'avoir en sa
puissance un dépôt que son amitié lui
rend précieux; elle ne s'attendait pas
à trouver aucun obstacle à ses intentions. C'est un enfant dont l'hôpital
sera déchargé, et cet enfant aura une
bonne éducation. Ceux qui conduisent cet hôpital, qui doivent n'avoir
en vue que le bien de la maison et
ceux des élèves, devraient être char-

més quand on les réclame, et les rendre avec facilité. Je le croyais ainsi, mais je suis bien désabusée. Madame Maurissot ayant demandé à qui il fallait s'adresser pour ravoir cette orpheline, et ayant produit le mémoire exact des marques avec lesquelles elle a été exposée, on lui a répondu qu'il fallait qu'elle se présentât dans l'asemblée des administrateurs ; qu'elle y produisit un consentement des parens de l'enfant, passé par devant notaire, et qu'elle payât sa pension ; de pareilles propositions l'ont révoltée. Pourrait-elle, sans offenser la mémoire de son amie, déclarer à sa famille un engagement qu'elle a toujours ignoré? D'ailleurs, cette famille est dans le fond de la Bretagne, et madame Mau-

13

rissot n'a aucune liaison avec elle.
Quand elle aurait ce consentement
qu'on lui demande, et qu'il lui est
impossible de produire, la somme
qu'on lui demande est considérable,
et elle n'est pas en état de la fournir.
Toutes les raisons qu'elle a représen-
tées n'ont point été reçues : elle s'est
bornée à demander qu'on lui fit voir
cet enfant ; mais elle n'a point été
écoutée ; et on lui a dit qu'elle ne
saurait où elle est, qu'après avoir
satisfait à tout ce qu'on lui demandait,
ce qui l'a mise en fureur. Ce procédé
nous a vivement scandalisés ; faut-il
que, pour un sordide intérêt, on
prive cette pauvre enfant de l'avantage d'être élevée par une femme si
estimable? Celui qui l'a refusée avec

tant de dureté, lui a avoué qu'il la
connaissait, et que la semaine qu'il
lui avait demandée avait été employée
à prendre des informations sur son
compte, dont on était content ; cette
précaution est prudente ; mais après
y avoir satisfait, pourquoi cette dureté ? Au sortir des Enfans-Trouvés
nous avons tenu un petit conseil, et
nous nous sommes déterminés à parcourir tous les hôpitaux, pour tâcher
de découvrir où est cette petite infortunée. Nous avons d'abord été dans
une grande maison qu'on appelle Bel-
Air, et certainement elle est bien
nommée ; nous sommes entrées dans
une salle où il y avait bien deux
cents filles de tout âge. Leurs habits
grossiers étaient d'une propreté char-

mante. Elles travaillaient à divers ouvrages, en chantant des pseaumes, et il fallut attendre qu'elles eussent fini. Madame Maurissot parcourait leur physionomie d'un œil avide, pour voir si elle ne découvrirait point, dans quelques-unes d'elles, quelques traits qui lui rappellassent son amie : elle était si émue, que la sœur qui présidait dans cette salle, lui en demanda la raison. Cette dame la lui déclara la larme à l'œil, et la conjura de lui avouer si elle n'avait point l'enfant qu'elle cherchait. Comme elle lui dit son nom, cette bonne fille après avoir rêvé quelques momens, lui dit : J'ai eu l'enfant que vous réclamez ; mais elle a été attaquée des écrouelles, et depuis quatre mois elle est à l'Hôtel-

Dieu ; je crois même qu'elle y est morte. Ces paroles furent un coup de poignard pour Madame Maurissot, et la sœur fut touchée de compassion en la voyant si affligée ; pour la consoler, elle parcourut ses registres, et lui apprit, avec joie, qu'elle n'avait point d'extrait mortuaire de ce nom. Pendant cette recherche, nous interrogions de grandes filles fort aimables, qui nous apprirent qu'on réclamait rarement quelques-unes d'elles, et qu'elles se trouvaient si bien en ce lieu, qu'elles ne souhaitaient pas d'en sortir. C'est un grand éloge pour les filles qui gouvernent cette maison. 'Celle à qui nous avions parlé, nous conseilla d'aller à l'Hôpital général, et nous fit espérer que nous trouve-

rions là ce que nous cherchions. Nous
nous y rendîmes, et je frémis encore
en pensant à l'horrible différence qui
se trouve entre ces deux maisons. Ces
pauvres enfans étaient entassés les uns
sur les autres dans des salles où l'on
respirait un air empoisonné. Comme
nous avions annoncé que l'enfant,
dont nous étions en enquête, avait été
malade, on nous fit parcourir des
salles où nous vîmes des enfans rongés
de maladies dégoûtantes, qu'ils ont
peut-être prises avec un lait empoisonné. Toutes nos recherches ayant
été inutiles ; nous nous fîmes conduire à l'Hôtel-Dieu. Le séjour que
nous venions de quitter nous parut
un lieu de délices, en comparaison
de celui-ci. Chaque lit avait jusqu'à

six malades ; on y respirait une odeur
capable de faire tomber en défaillance,
aussi Madame d'Ablencourt ne put-
elle se soutenir, et voulait me forcer
à rester avec elle dans son carrosse ;
mais je la forçai à me laisser suivre
Madame Maurissot. Nous entrâmes
dans un lieu obscur, et ayant appelé
une fille de douze ans, qui était convalescente, nous lui promîmes un écu,
si elle pouvait nous trouver celle que
nous cherchions. Elle nous demanda
son nom, et marcha devant nous en
criant : Qu'est-ce qui s'appelle.....
Nous avions parcouru un grand nom-
de salles, lorsque nous entendîmes une
voix sortir d'un lieu obscur, qui répondit : C'est moi. Nous appro-
châmes, et ayant dit à celle qui avait

répondu de nous suivre dans un lieu plus éclairé, nous vîmes un spectacle capable d'attendrir le cœur le plus barbare. Cette misérable enfant était couverte d'une espèce de lèpre, et ressemblait à un cadavre qui aurait été huit jours dans le sein de la terre. Comme elle était en chemise et nud-pieds, nous lui dîmes de mettre une robe et des souliers. Hélas ! mes bonnes dames, nous dit-elle, je n'ai rien dans le monde que ce que vous me voyez sur le corps. Quelle barbarie de laisser en cet état une pauvre convalescente ! Aussi Madame Maurissot dit-elle : Quoi, monstres d'inhumanité, c'est donc pour assouvir votre cruauté sur cette infortunée , que vous refusez de l'abandonner à mes

soins ; ne craignez - vous point que
Dieu ne vous rendent responsables de
la vie de cette pauvre enfant , et le
public qui vous confie des sommes
immenses pour élever ces enfans , ne
devrait-il pas se révolter contre votre
cruauté à leur égard ? En disant ces
paroles elle arrosait cette petite malheureuse de ses larmes ; tous les malades , ou plutôt les convalescents ,
s'étaient rassemblés autour de nous ,
et faisaient l'éloge de cette petite fille.
Je n'y puis tenir , dit Madame Maurissot ; je vais de ce pas chez l'ar-
chevêque et les autres administra-
trateurs ; je veux qu'ils se repaissent
du spectacle que leur négligence oc-
casionne. Vous n'y pensez pas , Madame , lui dit à l'oreille, un élève

en chirurgie, qui se trouva là par hasard ; modérez-vous jusqu'à demain, faites-moi l'honneur de me donner votre adresse, et dans les vingt-quatre heures, je m'offre de vous remettre cet enfant. Cette promesse calma Madame Maurissot ; elle chargea une des servantes d'aller acheter des bas et des souliers, pendant qu'elle coupait une de ses jupes pour lui faire une robe. On nous a averti de sortir, parce qu'on allait fermer les portes et nous avons regagné notre carrosse. Quelles réflexions n'avons-nous pas faites sur le mauvais ordre qui s'observe dans ces lieux ! Ces deux maisons ont des richesses immenses ; on vient d'employer une grande somme pour élever un bâtiment superbe aux

-enfans-Trouvés , pendant que ces

pauvres innocens périssent de misère.

Il est vrai que les administrateurs

s'enrichissent, et mon compère vient

nous raconter une histoire bien

propre à constater la mauvaise admi-

nistration de ces maisons ; je vais la

mettre par écrit.

———

CHAPITRE XIII.

Histoire de la Tubeuf, connue à Paris sous le nom de Mademoiselle B....

Un conseiller de la ville de Rouen devait une somme considérable à un médecin nommé Desfontaines, et déterminé à ne jamais payer, il en chercha les moyens. Il engagea la Tubeuf, qui avait été femme-de-chambre chez lui, à aller trouver le médecin, sous prétexte d'une maladie; cette fille lui fit des avances, et il en profita. Quel fut son étonnement, lorsque cette créature porta contre lui une plainte de rapt. Le premier président, qui estimait le médecin, lui conseilla d'appaiser cette fille en lui donnant quelqu'argent, parce que ces sortes d'affaires laissent toujours une mauvaise impression contre ceux auxquels elles arrivent, même après qu'on s'est justifié. Cet homme offrit donc une somme honnête ; mais la Tubeuf fit monter ses prétentions si haut, que le médecin résolut de risquer le tout pour le tout. Il fit faire les plus exactes recherches sur la conduite de cette prétendue vestale, et il prouva que depuis plusieurs années, elle avait été mère. Elle fut avertie à propos, et se mit à couvert par la fuite ; le médecin continua le procès, et la Tubeuf fut pendue en effigie. Plusieurs années après, Desfontaines, fils du médecin, qui de conseiller au parlement, était devenu chef d'opéra,

se trouva à Paris fort mal dans ses affaires ; une sœur de l'Hôpital vint le
trouver ; elle était de Rouen , et en-
ragée contre la Tubeuf qui l'avait
maltraitée ; elle découvrit à Desfontaines que cette fille était supérieure
de l'Hôpital général: Desfontaines sentit, tout d'un coup , ce qu'il pouvait
espérer de cette rencontre ; il fut trouver cette digne supérieure, et l'ayant
menacée de la mettre en justice , si
elle ne payait sa discrétion , il en tira
vingt-cinq mille livres.

Il n'est pas nécessaire que je dise
d'où venait cet argent ; cette fille ne
possédait rien lorsqu'elle était entrée
à l'Hôpital , et au bout de quelques
années elle peut fournir une si grosse
somme ! combien a-t-il fallu rogner

la portion des pauvres, pour l'amasser?
N'a-t-elle pas été obligée de fermer les
yeux sur les mauvaises manœuvres de
celles qui lui ont aidé à s'enrichir, et
ne peut-on pas inférer de cet exemple,
que dans ces maisons, chacun ne
cherche qu'à faire sa main, et qu'il
se détourne la meilleure partie des
fonds consacrés aux soulagemens des
pauvres ? N'en doit-on pas conclure,
que ces places si briguées, ne se donnent qu'à la faveur, non au mérite,
puisqu'une pareille fille a pu l'obte-
nir, et qu'on ne peut attendre rien de
bon, d'une œuvre aussi mal régie ?

CHAPITRE XIV.

Amour et petite Vérole.

Je me rendis, il y a trois semaines,
chez Madame d'Ablencourt ; je la
trouvai toute en larmes. Elle avait
placé son bien chez un homme qu'on
croyait millionnaire; et cet homme,
qu'on nommait M. le Baillif, se trou-
vant hors d'état de faire ses affaires,
a pris une si grande quantité d'opium,
qu'il s'est endormi pour toujours.
Mon amie, qui se voit ruinée par ce
malheureux événement , s'est tellement abandonnée au chagrin, qu'elle
s'est trouvée, le soir même, avec une
grosse fièvre. J'ai fait savoir à mon
oncle son malheur et sa maladie; il

est accouru sur-le-champ pour lui
offrir tout ce qu'il possède ; mais elle
avait le transport au cerveau , et ne
l'a pas reconnu. Cette pauvre femme
n'ayant que des domestiques , qui
peut-être ne s'intéressent pas beaucoup à elle, j'ai conjuré mon oncle
de me permettre de ne la pas quitter.
Il me l'a d'abord refusé absolument ,
parce qu'on craint qu'il n'y ait du
danger ; mais enfin, il s'est rendu à
mes instances, en me disant qu'il
n'oublierait jamais mon bon cœur ;
que sa vie était attachée à celle de
cette chère malade , et qu'il allait
prévenir ma grand'mère, sur mon
absence. Ce qui l'a engagé à m'accorder ma demande, c'est qu'ayant passé
la journée auprès de la malade , il y

14

aurait peut-être eu autant de danger
à me changer d'air, qu'à me laisser
là. Je me suis fait faire un lit dans la
chambre de mon amie. Cette pauvre
femme était sur le point de quitter la
vie, sans avoir encore pensé au
grand ouvrage de son salut. Jeune et
pleine de santé, elle envisageait sa fin
comme fort éloignée. Que va devenir
son ame? Voilà les tristes réflexions
que je faisais; je demandais sans
cesse, au Seigneur, avec des larmes
bien amères, qu'il lui donnât quelques instans pour fléchir sa miséri-
corde, et j'étais attentive à saisir le
premier moment de raison qu'elle aurait, pour l'exciter au repentir de sa
vie passée. Mon oncle est venu me
rejoindre sur les onze heures, et il a

engagé un fort habile homme à s'en-
fermer avec nous pour pouvoir être
à portée de lui donner les remèdes à
propos. Le lendemain, au soir, la
malade a été à la dernière extrémité,
et on lui a fait les prières de l'agonie.
Mon oncle était plus mort que vif, et
j'avais toutes les peines du monde à
lui faire prendre un bouillon. Le lendemain matin, la force de son tem-
pérammnent et des remèdes, ont fait
pousser le venin, et elle a été couverte de petite vérole et de pourpre,
et toujours le transport au cerveau.
Cependant le médecin avait conçu un
rayon d'espérance, ce qui nous tran-
quillisa un peu. A peine la nature de
sa maladie a-t-elle été connue, que
tout le monde a fui, et les femmes-de-

chambre même, ont refusé d'entrer
dans la chambre de leur maîtresse.
Jugez de ma surprise, lorsqu'au milieu de cet abandon général, j'ai vu entrer mon compère; la crainte de gagner
cette maladie n'a pu l'arrêter; il voulait partager un péril auquel j'étais
exposée, et mourir avec moi, si je devais périr. Que cette action m'a touchée ! J'avais déjà des dispositions à
aimer cet aimable étranger ; mais ce
dernier trait vient de me le rendre
cher à jamais. Je le sentis au moment
qu'il m'annonça le motif de sa visite,
et cette connaissance, ou plutôt ce sentiment, m'effraya. La distance que la
naissance et la fortune ont mis entre
lui et moi, me fit envisager le penchant qui me subjugait, comme de-

vant faire tout le malheur de ma vie.
Je n'entrepris pourtant pas de le vain-
cre, je l'eusse tenté inutilement, mais
je me proposai de le tenir si secret,
que mon vainqueur n'en pût tirer
avantage. Que je connaissais mal l'a-
mour ! Mon air contraint et réservé
en apprit plus à cet aimable étranger
que l'aveu le plus positif. Je le connus
à l'air de satisfaction qui éclatait sur
son visage, malgré les tristes circons-
tances où nous étions. Pour mon oncle, il ne voyait rien ; on ne pouvait
l'arracher du chevet de Madame d'A-
blencourt, et ce fut le premier objet
qu'elle distingua le septième jour de
sa maladie, lorsque le transport la
quitta.

On ne peut exprimer la joie de

mon oncle , lorsque le médecin ,
qui était présent , l'assura que la maladie tournait aussi avantageusement
qu'on pouvait l'espérer ; mais il dé-
fendit qu'on fit parler cette pauvre
femme , qui était d'une faiblesse ex-
trême. Elle nous reconnut tous , et
s'efforçait de nous montrer , par ses
regards, combien elle avait de plaisir
à nous voir. Elle s'endormit fort pai-
siblement, et la bonne situation où
elle était ayant permis à mon oncle de
nous tenir compagnie , il s'apperçut
de l'amour du comte de Ziremberg, et
de la contrainte où j'étais avec lui. Il
jugea , comme moi , qu'il était un
parti auquel je ne devais pas prétendre , et ayant pris le moment où il
put lui parler seul , il le pria de res-

pecter ma jeunesse et mon innocence, et de ne pas continuer une
poursuite qui ne pouvait que me
rendre malheureuse. Le comte devint pâle à ces paroles, et n'eut que
la force de demander à mon oncle, si
je le haïssais. Je crains le contraire, répondit mon oncle; votre figure, vos
sentimens, et même vos vertus, ne
sont que trop propres à faire impression sur le cœur de ma nièce; mais,
Monsieur, vous avez droit d'aspirer
aux partis les plus brillans, et quelque résolu que je sois à partager ma
fortune avec ma nièce, elle n'aurait
rien qui pût approcher de la vôtre.
Vous me rendez la vie, s'écria le
comte, j'ai cru voir dans les yeux
de votre aimable nièce, des disposi-

tions favorables pour moi : c'est tout ce
que je demande ; maître de mes actions,
ma fortune n'a de charmes pour moi,
qu'autant qu'elle veuille la partager.
Ses vertus , son amour me suffisent, et
je goûterais une satisfaction moins
pure en vous la demandant, si elle était
mieux partagée des biens de la fortune.
J'entrai comme il finissait ces paroles , et je restai toute interdite en le
voyant à mes pieds, car il s'y était
jeté. Mon oncle souriait en me regardant , et pendant que je m'effor-
çais à relever mon compère , je le
priai de m'expliquer ce que tout cela
signifiait. L'arrêt de ma vie ou de
ma mort , me dit cet aimable étranger ; je vous adore, j'ose me flatter
que Monsieur votre oncle approuve

mes sentimens, il ne s'agit que de savoir si les vôtres me sont favorables,
et si je ne me suis point trop flatté en
les interprétant favorablement. Vous
ne m'avez que trop devinée, lui dis-
je emportée par le sentiment; mais je
dépens d'un père et d'une mère que je
respecte assez, pour leur remettre
mon sort; s'ils vous sont favorables,
ma main suivra le don de mon cœur,
si non, je ferai tout ce que je pourrai pour vous oublier. Mon oncle
ayant répondu du consentement de
mon père, nous nous sommes livrés,
sans contrainte, à la joie que nous
causait cette assurance, et ce qui l'a
rendue parfaite, c'est que mon amie
s'était réveillée presque sans fièvre;
le médecin nous assure qu'elle est
presque sans danger. 15

CHAPITRE XV.

Petite vengeance, Conclusion.

MADAME d'Ablencourt, convalescente, apprit, avec frayeur, et la
nature de la maladie qu'elle venait
d'essuyer, et le danger qu'elle avait
couru ; elle avait ignoré l'un et l'autre jusqu'alors, et comprit combien
elle devait nous savoir gré de nous
être exposés au danger de gagner sa
maladie en l'assistant. Elle s'attendait
d'être accablée de visites au premier
bruit de sa convalescence ; et honteuse
de paraître dans l'état où l'avait laissée
la petite vérole, elle me dit qu'elle était
résolue de refuser sa porte à tout le
monde, jusqu'à ce que toutes ses

rougeurs fussent effacées; précaution inutile, personne ne se présenta. Madame d'Ablencourt avait perdu son bien; on conjecturait que ses charmes devaient être bien en désordre; elle ne pouvait plus donner à manger, jouer gros jeu, courir aux spectacles : elle n'était donc plus bonne à rien. Etonnée de se voir ainsi abandonnée, elle s'informait soigneusement de son portier, si personne ne s'était présenté à sa porte. Lorsqu'elle fut convaincue de la désertion de ses amis, elle conçut le dépit le plus violent, et s'efforça en vain de le cacher. Elle ne put s'empêcher de me confier sa douleur. L'occasion était trop favorable pour n'en pas profiter : je commençai par faire sentir à Madame d'Ablen-

court, que ses phantômes d'amis, ne
méritaient pas ses regrets : qu'au
reste, il ne lui arrivait rien auquel
elle ne dut s'attendre. Je connais peu
le monde, ajoutai-je, mais je crois
en savoir assez, pour assurer qu'il est
bien rare d'y trouver des amis ; on n'y
estime les autres qu'à proportion du
plaisir ou des avantages qu'ils peuvent procurer. C'est à la vertu seule
qu'il appartient de faire des unions
solides et hors d'atteintes ; mon oncle,
continuai-je, n'aimait en vous que
votre caractère ; il en a démêlé la
bonté, malgré les efforts que vous avez
faits pour le gâter. Votre infortune
vous rend respectable à ses yeux ; il
se fait un plaisir délicat de la réparer,
loin de regretter la perte de vos char-

mes, il prévoit que leur absence va
vous rendre plus estimable. Vous en
aviez fait trop de cas, et vous négli-
giez des qualités infiniment plus pré-
cieuse : en un mot, Madame, vous
n'étiez qu'aimable, et vous allez devenir estimable. J'accepte le présage,
me dit mon amie, en m'embrassant.
Je sens toute la force de ce que vous
venez de me dire ; mais, ma chère,
la reconnaissance ne m'engage-t-elle
pas de cacher plus que jamais à votre
oncle le penchant qu'il m'a inspiré :
quel présent à lui faire, grands dieux !
Une personne sans biens, sans agré-
mens, paitrie de ridicules, dénuée
de vertus, de bon sens même. Non,
Madame, m'écriai-je, vous ne man-
quez pas de vertus ; leurs précieuses

semences dans votre cœur, et l'aveu
que vous venez de me faire, m'est
un sûr garant qu'elles commencent à
s'y développer. Achevez, ma bonne
amie, mettez le comble à la félicité de
mon oncle en lui donnant la main,
ou permettez que je l'instruise moi-
même de vos dispositions. Que me
proposez-vous, s'écria Madame d'A-
blencourt, une telle démarche n'est
pas à sa place; oubliez-vous que votre
oncle pourrait en prendre occasion
de me mépriser, et à juste titre; il
pourrait croire que je le regarde
comme une ressource dans ma mauvaise fortune, et que mes besoins me
font feindre pour lui un amour que je
n'ai jamais senti. Je ne pus m'empêcher de sourire à ce discours, et d'ad-

mirer les ressources de l'amour-propre ; il se déguise en délicatesse ;
mon amie croyait , de bonne foi ,
que la générosité l'obligeait de cacher ses sentimens à mon oncle, et
elle n'était retenue que par la crainte
de paraître intéressée. Il n'était pas
temps de lui faire faire cette remar-
que, mais je voulais absolument la
déterminer sur le compte de mon
oncle ; il m'avait ordonné de ne rien
épargner pour cela, et mon inclination était bien d'accord avec la sienne.
Ne craignez point, dis-je à mon amie,
aucune réflexion outrageante pour
vous dans l'esprit de mon oncle ; il
n'ignore point que les sentimens avan-
tageux que vous avez pour lui, ont
précédés votre infortune; je lui avais

fait confidence de votre penchant à
l'aimer, de vos combats; pardonnez-
moi cette petite supercherie ; je me
reprocherais aujourd'hui mon exac-
titude à garder votre secret. Mon
amie convint de l'heureux effet qu'a-
vait produit mon infidélité, et me
permit de terminer cette affaire comme
je le jugerais à propos. Mon oncle
instruit des intentions de Madame
d'Abincourt, vola à ses pieds, et la
rendit maîtresse de tout ce qu'il possédait. Il avait apporté des Indes, plus
d'un million, c'était plus qu'il n'en
fallait pour réparer la mauvaise fortune de mon amie; mais il avait promis de partager ce bien avec moi, et
rien au monde n'eût été capable de le
faire manquer à sa parole. Il annonça

donc à sa future les engagemens qu'il
avait pris , et il eut la sasisfaction de
la voir approuver cette disposition.
Mon amant, qui était présent, les re-
mercia tous deux ; mais il s'était fait
un plaisir délicat , d'être le seul auteur de ma fortune ; rien ne put jamais l'engager à changer de résolu-
tion , et il refusa absolument les bien-
faîts de mon oncle. Deux jours après,
j'eus la douce satisfaction d'embrasser
mon père et ma mère. Ils n'avaient
pu refuser à mon oncle de venir passer quelques mois avec nous; et pour
jouir , tout à notre aise , du plaisir
d'être rassemblés , nous partîmes avec
ma grand'mère pour une maison de
campagne qui était restée à Madame
d'Ablencourt , et qui était à vingt

lieues de Paris ; ce fut dans cette maison que se termina le mariage de mon
oncle et le mien ; ce fut dans cette solitude que mon amie convint qu'elle
avait goûté, pour la première fois,
une tranquillité et une paix qu'elle
n'avait jamais sentie dans le tumulte
du monde et des plaisirs. Les rava-
ges de la petite vérole disparurent,
elle parut mille fois plus aimable
qu'avant sa maladie ; c'est qu'elle ne
gâtait plus ses graces naturelles par
les grimaces et les minauderies. Mon
oncle sûr d'être aimé, s'estimait le
plus heureux des mortels ; mais il
craignait la force de l'habitude. Madame d'Ablencourt retournée à Paris,
pouvait faire une rechûte, et il l'aimait trop pour lui proposer de vivre

à la campagne. Il connaissait mal les dispotitions de cette aimable femme, et ce fut elle qui lui proposa de fixer son séjour dans la terre où nous étions; il fut enchanté de cette proposition : nous convînmes que nous nous rassemblerions tous les ans chez mon père, où nous passerions les trois mois de la belle saison, et nous ne retournâmes à Paris que pour y arranger nos affaires. Ma nouvelle tante se fit un plaisir de confondre ceux qu'elle avait cru autrefois ses amis, et voici comment elle s'y prit. On ignorait son mariage, et mon oncle eut la complaisance de descendre chez ma grand'mère, pendant que j'accompagnais ma tante chez elle. Le même jour nous fûmes ensemble à l'Opéra,

et nous y parûmes dans l'ajustement
le plus brillant. Aussitôt tous les yeux
s'arrêtèrent sur nous : plusieurs personnes vinrent à notre loge ; on félicita Madame d'Ablencourt sur sa
beauté , sur le rétablissement de ses
affaires ; on l'assura qu'on avait été
au désespoir de ses malheurs , et on
lui offrit tous les services dont on sup-
posait qu'elle n'avait plus besoin. Le
lendemain elle fut accablée de visites;
ses anciens amans se remirent sur les
rangs , et chacun brigua, à l'envi,
l'honneur de la préférence ; elles les
invita à se rassembler trois jours après
chez elle; c'était celui de son départ,
et ils ne furent pas médiocrement
surpris lorsqu'elle leur apprit son
mariage. Elle leur fit sentir toute

l'indignité de leur procédé à son égard, et les quitta en les assurant qu'elle aurait toujours pour eux le plus parfait mépris. Mon époux me conduisit ensuite dans son pays, où sa famille m'accable d'amitiés. Je passe avec lui des jours heureux ; mais je puis appeler délicieux ceux dans lesquels nous nous assemblons chez mon père, qui, dans le lieu sauvage où il a fixé son séjour, a trouvé le moyen de faire une solitude charmante. Nous avons banni la misère dans laquelle vivaient nos compatriotes, et ce petit hameau est l'asile de la paix, des plaisirs innocents et de la vertu.

FIN

TABLE
DES CHAPITRES.

(183)

Fin de la Table des Chapitres.

www.ingramcontent.com/pod-product-compliance
Lightning Source LLC
Chambersburg PA
CBHW070855030726
47504CB00005B/1346